林汉达 成语故事

藏在楚汉的成语

林汉达 著

王晓鹏 绘

北方联合出版传媒（集团）股份有限公司
万卷出版公司
·沈阳·

ⓒ 林汉达　王晓鹏　2019

图书在版编目（CIP）数据

藏在楚汉的成语 / 林汉达著；王晓鹏绘. -- 沈阳：
万卷出版公司, 2019.7（2021.7重印）
（林汉达成语故事）
ISBN 978-7-5470-5162-7

Ⅰ.①藏… Ⅱ.①林…②王… Ⅲ.①汉语—成语—
故事—儿童读物 Ⅳ.①H136.31-49

中国版本图书馆CIP数据核字（2019）第122678号

出 品 人：	王维良
出版发行：	北方联合出版传媒（集团）股份有限公司
	万卷出版公司
	（地址：沈阳市和平区十一纬路25号　邮编：110003）
印 刷 者：	辽宁新华印务有限公司
经 销 者：	全国新华书店
幅面尺寸：	165mm×230mm
字　　数：	135千字
印　　张：	12
出版时间：	2019年7月第1版
印刷时间：	2021年7月第4次印刷
责任编辑：	齐丽丽
责任校对：	尹葆华
封面设计：	徐春迎
版式设计：	徐春迎
ISBN 978-7-5470-5162-7	
定　　价：	29.80元
联系电话：024-23284443	
邮购热线：024-23284050	
传真：024-23284521	

常年法律顾问：李　福　版权所有　侵权必究　举报电话：024-23284090
如有印装质量问题，请与印刷厂联系。联系电话：024-31255233

怀念林汉达先生

周有光

林汉达先生（1900—1972）是我的同道、同事和难友。他是一位教育家、出版家和语文现代化的研究者。他一生做了许多工作，例如向传统教育挑战、推进扫盲工作、研究拼音文字、编写历史故事、提倡成语通俗化，等等。

1941年，林先生出版他的教育理论代表作《向传统教育挑战》，一方面批判地引进西方的教育学说，一方面向中国的传统教育提出强烈的挑战。他认为，要振兴中国的教育，必须改革在封建社会中形成的教育成规。在教学中，"兴趣和努力"是不应当分割的，"兴趣生努力，努力生兴趣"。他在半个世纪以前发表的教育理论，好像是针对着今天的教育实际问题，仍旧值得我们学习和深思。

1942年他出版《中国拼音文字的出路》，对拼音文字的"正词法"和其中的"同音词"问题，提出了新见解，使语文界耳目一新。他用"简体罗马字"译写出版《路得的故事》和《穷儿苦狗记》，在实践中验证理论。

1952年，教育部成立"扫除文盲工作委员会"，林先生担任副主任。他满腔热忱、全力以赴，投身于大规模的扫盲工作。他重视师资，亲自培训扫盲教师，亲自编写教材。

林先生认为语文现代化是教育现代化的必要条件。语文现代化的首要工作是"文体口语化"。文章不但要写出来用眼睛看得懂，还要念出来用耳朵听得懂，否则不是现代的好文章。他认为历史知识是爱国教育的必要基础。20世纪50年代后期开始，他把主要精力放在编写通俗的历史故事上。这一工作，一方面传播了历史知识，一方面以身作则，提倡文章的口语化。

林先生曾对我说："我一口宁波话，按照我的宁波官话来写，是不行的。"因此，他深入北京的居民中间，学习他们的口语，写成文稿，再请北京的知识分子看了修改。一位历史学者批评说，林先生费了很大的劲儿，这对历史学有什么贡献呢？但是，这不是对历史学的贡献，这是对教育和语文的贡献。"二十四史"有几个人阅读？《中国通史》一类的书也不是广大群众容易看懂的。中国青年对中国历史了解越来越贫乏。历史"演义"和历史"戏剧"臆造过多。通俗易懂而又趣味盎然的历史故事书正是今天群众十分需要的珍贵读物。

他接连编写出版了《东周列国故事新编》《春秋故事》《战国故事》《春秋五霸》《西汉故事》《东汉故事》《前后汉故事新编》《三国故事新编》《上下五千年》（由曹余章同志续完，香港版改名为《龙的故事》），用力之勤，使人惊叹！这些用"规范化普通话"编写的通俗历史故事，不但青年读来容易懂，老年读来也津津有味，是理想的历史入门书。这样的书，在我们这个历史悠久的文明古国里，实在太少了。

在编写历史故事的时候，他遇到许多"文言成语"。"文言成语"大多是简洁精辟的四字结构，其中浓缩着历史典故和历史教训。有的不难了解，例如"小题大做""后来居上""画蛇添足"。可是，对一般读者来说，很多成语极难了解，因为其中的字眼生僻，读音难准，不容易知道它的来源和典故，必须一个一个都经过一番费事的解释，否则一般人是摸不着头脑的。例如"惩前毖后""杯弓蛇影""守株待兔"。文言成语的生涩难懂妨碍大众阅读和理解，是不是可以把难懂的文言成语改得通俗一点儿呢？林先生认为是可以的，而且是必须的。他从1965年到1966年，在《文字改革》杂志上连续发表《文言成语和普通话对照》，研究如何用普通话里"生动活泼、明白清楚"的说法，代替生僻难懂的文言成语。他认为，"普通话比文言好懂，表现充分，生命力强，在群众嘴里有根"。

为了语文教育大众化，他尝试翻译中学课本中的文言文为白话文。例如《文字改革》杂志1963年第8期刊登的他的译文《爱莲说》。他提倡大量翻译古代名著，这是"五四"白话文运动以来做得很不够的一个方面。把文言翻译成为白话，便于读者从白话自学文言，更深刻地了解文言，有利于使文言名著传之久远，同时也推广了口语化的白话文。

林先生说，语文大众化要"三化"：通俗化、口语化、规范化。通俗化是叫人容易看懂；口语化就是要能"上口"，朗读出来是活的语言；规范化是要合乎语法、修辞和用词习惯。

目录

揭竿而起 016

怨声载道 008

孺子可教 001

斩蛇起义 041

八千子弟 033

逐鹿中原 025

指鹿为马 076

破釜沉舟 065

骄兵必败 058

人心所向 051

沐猴而冠 106

项庄舞剑 意在沛公 093

约法三章 086

暗度陈仓 130

国士无双 122

胯下之辱 115

江东父老 166

四面楚歌 155

分一杯羹 146

挑拨离间 138

孺子可教
rú zǐ kě jiào

秦始皇灭掉六国、统一中原后,很喜欢到各处巡游。他每次出巡,总是前呼后拥、车马相连,十分威风。公元前221年,他带着大队人马到了一个叫博浪沙的地方,没想到车队在拐弯的时候,突然"哗啦啦"一阵响声,不知道从哪儿飞来一个大铁锤,把一辆副车砸得粉碎,当时秦始皇就在前面的车上,半截车挡落到他的跟前。好险哪!一下子车队全都停了下来。武士们四面搜捕,没费多大工夫就把那个刺客逮住了。

秦始皇下令审问那刺客,可他愣是啥都不交代,只是一个劲儿地骂着说:"昏皇灭了六国,六国的后人和历代的忠良定会找他报仇!"骂完,那刺客就自己撞死了。从刺客的话中,有人推算出背后的主谋是从前韩国丞相的儿子，姓姬，他的祖父和父亲曾经伺候过韩国的五代君王，他也算是个贵族子弟。

秦国灭了韩国，姬公子认为：秦灭了他的父母之邦，这仇得报。于是他暗地里有了刺杀秦始皇的打算。过了好些年，他才结交到一位肯替他卖命的大力士。这位大力士手使的那个大铁锤足有一百二十斤重。他们打听到这次秦始皇的行踪，就在博浪沙埋伏起来，给了秦始皇一铁锤。

行刺失败，秦始皇立刻下令全国捉拿背后主谋，韩国一带更是加紧搜查。姬公子一听说到处都在捉拿

秦始皇的三次遇刺

传说，秦始皇曾经三次遇刺。第一个刺杀他的人是荆轲，荆轲带着秦始皇的仇人樊於期的脑袋和燕国的地图去面见他，因助手秦舞阳胆怯被人识破，刺杀未成，荆轲被杀；第二个刺杀秦始皇的人叫高渐离，他是荆轲的好友，擅长击筑，在一次为秦始皇表演的时候他用灌了铅的筑砸向秦始皇，刺杀未成，被卫兵所杀；第三个敢于刺杀秦始皇的人便是这则故事中提到的擅使大铁锤的大力士。

他，只好更名改姓为张良，一直逃到了下邳（pī），躲了起来。秦始皇命令各地官府搜查了十天没查到，也只好算了。

张良虽然逃难出来，但他好在身上有钱，便在当地结交了不少豪杰，仍旧想着替韩国报仇的事。不到一年工夫，他就在下邳出了名。附近的人都知道他是个侠客，可谁也不知道他就是那位博浪沙行刺的韩国公子。

有一天，张良独自出去散步，一来为了解闷，二来也想暗地里寻找志同道合的人，共谋大事。路过一座大桥的时候，他瞅见一个老头儿穿着一件土黄色的大褂，搭着腿坐在桥头上，一只脚上下晃荡着，那只鞋拍着脚心，像在打拍子。真怪，他一见张良过来，竟有意无意地把脚跟往里一缩，那只鞋就掉到桥下去了，老头儿回过头来对张良说："小伙子，下去把我的鞋捡上来。"

张良听了，不由得火儿了。可他一看那个老头儿，人家眉毛、胡子全白了，额上的皱纹好几层，就是叫他一声爷爷也不算过分，哪里还能生气呢？于是他走到桥下，捡起那只鞋，上前递了过去。

谁知那老头儿不用手来接，只是把脚一伸，说："给我穿上。"张良一愣，觉得又好气，又好笑。可是他已经替人家把鞋都捡上来了，干脆就好人做到底吧。他索性跪下去，恭恭敬敬地拿着鞋给那老头儿穿上。那老头儿这才捋（lǔ）着胡子，微微一笑，大摇大摆地走了。这下可又把张良弄迷糊了，天底下怎么会有这种人，人家帮了他，连声"谢谢"也不说，这也太说不过去了。

张良走下桥，跟在老头儿后面，看他到底去哪里。大约走了半里地，那老头儿好像也觉察出来张良在跟踪他，就转过身来，走到张良面前，说："你小子有出息。我倒乐意教导教导你。"张良是个聪明人，猜测这老头儿准有来历，就赶紧跪下，向他拜了几拜，说："张良我这就拜师了。"那老头儿说："好！过五天，天一亮，你到桥上来见我。"张良连忙说："是！"

第五天，张良一早起来，匆匆忙忙地洗了脸，就到桥上去了。谁知道一到跟前，那老头儿正生着气呢。他说："小子，你跟我老人家定了约，就该早点儿来，怎么还要叫我等你呢？"张良跪在桥上，向老师磕头认错。那老头儿说："去吧，再过五天，早点儿来。"说完就走了。张良愣愣磕磕地站了一会儿，只好垂头丧气地回去了。

又过了五天，张良一听见公鸡叫，脸也不洗就往大桥那边跑去。还没上桥呢，远远就看见了老人家。他恨恨地直打自己的后脑勺儿，自言自语说："怎么又晚了一步？"那老头儿瞪了张良一眼，说："过五天再来！"说完又走了。张良闷闷不乐地憋了老半天，才拖着沉重的脚步回去了，他只怪自己诚心不够。

这五天可比前十天更难熬。到了第四天晚上，张良翻过来覆过去怎么也睡不着。他干脆不睡了，半夜就到桥上去静静地等着。

过了不一会儿，那老头儿一步一步地挪过来了。张良赶紧迎了上去。他一见张良，脸上露出慈祥的笑容，说："这样才对。"说完，他拿出一部书来交给张良，说："你把这书好好读，没准儿将来能做帝王的老师呢！"张良挺小心地把书接过来，恭恭敬敬地道了谢，说："请问老师尊姓大名。"那老头儿笑着说："你问这个干吗？我没有名字。"张良还想再问个明白，那老人家不再理他，连头也不回地走了。

等到天亮，张良拿出书来，仔细一看，原来是一部《太公兵法》。张良白天读、晚上读，把它读得滚瓜烂熟。到了这时，他才觉得博浪沙行刺实在太鲁莽了。从那时起，他一面继续钻研《太公兵法》，一面继续留心着秦始皇的行动。

孺子可教

这个成语出自《史记·留侯世家》，"良业为取履，因长跪履之。父以足受，笑而去。良殊大惊，随目之。父去里所，复还，曰：'孺子可教矣。后五日平明，与我会此。'"讲的就是张良受教于黄石公的故事。

孺子，指小孩儿。教，指教导。在黄石公眼里，冒失刺杀秦始皇的张良就是个还不成熟的年轻人，所以用捡鞋、穿鞋的方式，考验张良是否有抛却自己贵族身份，虚心受教的耐心。

后来，人们用这个成语比喻年轻人能够听从教导，是可以造就的好苗苗儿。

怨声载道

yuàn shēng zài dào

博浪沙的大铁锤并没有阻挡秦始皇巡游的脚步，转眼间，他出门已经半年有余。一路劳顿，他很快就病倒了。秦始皇眼看着自己的病情越来越重，他嘱咐丞相李斯和宦官赵高："快写信给大儿子扶苏，他为人厚道，可以继承我的事业，你们对扶苏应当尽忠，好好辅佐他，不可辜负我对你们的信任。"

说完，秦始皇便断了气。李斯和赵高商量，决定暂时不放出秦始皇去世的消息。李斯派赵高去给扶苏送信，谁知赵高起了私心，他私下里去见了秦始皇的小儿子胡亥（hài），赵高出主意叫胡亥夺取他哥哥扶苏的位子，胡亥一口答应下来。赵高又逼迫李斯跟他一起假造遗嘱，立胡亥为太子。另外，他又假造了一封秦始皇给扶苏的信，说他为子不孝，蒙恬为臣不忠，都该自尽。

赵高派心腹把假信和一把宝剑送给了扶苏。扶苏和蒙恬听说皇帝的使者来了，连忙从外面回来，恭恭敬敬地拜见了使者。扶苏看了父亲的信和宝剑，哭得死去活来，当时就要自杀。蒙恬拦住他，说："皇上交给我三十万大军把守边疆，派公子来监督，这是多么重的责任。现在只来了个使者，谁敢保证其中没有岔子？不如再请示一下，要是真的，再死也不晚。"扶苏摇摇头，叹了一口气，说："父亲叫儿子死，还请示什么？"

扶苏说完就自杀了。蒙恬趴在扶苏的尸体上痛哭了一场。接着他就把三十万大军交给副将王离。使者连连催着蒙恬自尽，蒙恬可不愿意就这么随随便便地死，他还想替扶苏申诉冤屈。他让使者把他押起来，关在监狱里等候处理。使者赶紧回到咸阳，赵高和李斯这才传出秦始皇去世的信儿，他们一面给秦始皇出丧，一面立胡亥为二世皇帝。朝廷上其他大臣只知道这是秦始皇生前的命令，谁也不敢反对。秦二世登基，丞相以下的大臣一律照旧，只有赵高被提升为郎中令，格外得到秦二世的信任。

赵高想让天下的人都知道秦二世是个孝子，就提议让他大张旗鼓地安葬秦始皇。秦二世听了赵高的话，从

各地征调了几十万囚犯、奴隶和民夫,准备把秦始皇的寿坟好好修整一番。秦始皇在世的时候,已经在骊山脚下开了一块很大的平地,作为坟地。这坟地不但开得大,而且挖得深,从土层挖到沙层,从沙层挖到石层,然后把铜化了,大量地灌下去,铸成了一大片很结实的地基,又在这上面修盖了石室、墓道和安放棺材的墓穴。秦二世又命工匠在大坟里挖出江河大海的样子,灌上水银。大坟里面不但埋着无数的珍珠、玉石、黄金,还埋了不少后宫美人儿。

为了防备将来有人盗墓,墓穴里还特意安装了好多个杀人的秘密机关。一切安葬的工作结束以后,秦二世

秦始皇陵兵马俑的发现

1974年,陕西临潼县骊山镇西杨村农民在距离陵东1500米的地方打井,挖到5米多深的时候,发现了几个破碎的泥土烧制的与真人一般大小的陶俑,后经陕西考古队勘探和发掘,气势恢宏的秦始皇陵兵马俑终于展示在世人面前。1987年,秦始皇陵兵马俑被联合国教科文组织列入《世界遗产名录》,并被誉为"世界第八大奇迹"。

把所有做坟的工匠全都封在墓道里，没有一个能活着出来。最后他叫人在大坟上种上花草、树木，这座大坟就变成了一座山。这座山不但把秦始皇一生的事业葬在里面，而且还压着千千万万人的怨气和仇恨。

秦二世胡亥埋葬了父亲后，就想把蒙恬放了。可是赵高对他说："当初蒙恬仗着自己的功劳，在先帝面前总是替扶苏说话。这会儿扶苏死了，您做了皇帝，他不替扶苏报仇才怪呢！我担心，他活着您的地位也难以坐稳哪！"秦二世听了这些话，缩着脖子，害怕起来了。他马上叫赵高去处理。赵高用不着自己费事，他派使者带着一杯毒酒去见蒙恬。蒙恬说："我蒙家为秦朝立功已经三代了，今天我虽然被关押在这儿，可是只要我一开口，三十万大军还是听我的。我有这么多兵马，足足可以背叛朝廷。可我不敢忘了上辈的教训，不愿意辜负先帝，死就死吧！"他就把毒酒一口喝了下去。

扶苏、蒙恬被害的消息传出去，没有不替他们叫冤的。俗语说，"若要人不知，除非己莫为"。秦二世篡夺皇位的事情慢慢地露了馅儿。大哥扶苏死了，秦二世可还有十几个哥哥呢！这些公子们，还有一些大臣们暗地里免不了说些抱怨的话。秦二世就跟赵高商量，说："有些公子和大臣好像心里不服，怎么办哪？"

赵高眯着三角眼说:"小公子做了皇帝,其他公子们自然不能甘心。朝廷上的大臣大多又都是历代的功臣,见皇上重用我这么一个微贱的臣下,不但瞧不起我,就连皇上您也不放在眼里了。只有另用一批新人,皇上才能高枕无忧。"秦二世连连点头,叫赵高好好去办。秦二世和赵高就布置了爪牙,鸡蛋里挑骨头,捏造证据,诬告忠良,愣是把十几个公子和十来个公主,还有一些比较难对付的大臣全都定了死罪。

这么一来,秦二世的位置没人去抢,赵高的权力越来越大,谁也不敢反对他了。秦二世这一下更没了顾忌,他对赵高说:"人生在世,一眨眼就过去了,到底为了什么?我做了皇帝还有什么好稀罕的呢?我打算尽情地享乐一番,你看怎么样?"赵高眉开眼笑地伸出大拇指,说:"这才是贤明君王的作为呀!那些昏乱的君王就不敢这么做。君王在上面享乐，下面万民才能够太平，这是贤明；君王老出去打仗或者去管人家的闲事，那还不得把天下弄得鸡犬不宁吗，那是昏庸。"

秦二世只知道享乐，却不知道享乐还有这一说，他更加高兴了。于是他下了一道命令，决定大规模地建造阿房宫。上次骊山修大坟，征调了几十万囚犯、奴隶和民夫，已经扰得天下怨声载道。这次建造阿房宫，规模比上次更大，从各郡县押到咸阳来做苦役的人更多，这次再要强迫这么多人做奴隶的工作，非用鞭子不可。因此，苦工们有被打死的，有病死的，有逃亡的，也有逃了以后又被逮回去治罪的。老百姓已经憋了一肚子的怨恨。

为了建造阿房宫，各地得运送材料和粮食。道上来来往往的全是车马，咸阳一带更加热闹。秦二世恐怕人头太杂，出岔子，就从各地选拔了五万名武士专门保卫咸阳。这么一来，咸阳的人口更多了。武士、工匠、民夫和原来住在咸阳的文武百官、老百姓等，每天都得吃饭，武士们的马和运输用的马也得需要饲料。于是，咸阳的粮食、蔬菜、肉类和草料供不应求。秦二世又下了一道命令，叫天下各郡县输送粮食，不断地供应咸阳。可这些东西还不都得从民间搜刮吗？

老百姓被逼得苦不堪言。没想到，咸阳这边正忙着盖阿房宫，北方边疆那边又紧张起来。那时候，全中国的人口加起来大约不过两千万，被征发去造大坟、修阿房宫、筑长城、守岭南的人差不多已经有二三百万了。这回北方一吃紧，只好从内地押送大批农民去防守。真是一波未平，一波又起，老百姓是遍地怨恨，叫苦连天。

怨声载道

秦始皇的小儿子胡亥抢了本该属于大儿子扶苏的皇位，本就"名不正、言不顺"，即位后还大兴土木，建造完皇陵建造阿房宫，让老百姓没一天好日子过。秦二世治理的秦国，真是大街小巷都充满了叫苦的声音。

怨，怨恨、不满。载，充满。不满的抱怨声充满了街道。这个成语用来描述大多数人都不满的状态。

揭竿而起

秦二世大规模地为秦始皇修建陵墓，弄得各地怨声载道。公元前209年7月，阳城的地方官接到上级的命令，让他征调九百名壮丁去渔阳防守北方。地方官派官兵下到乡里，挨家挨户去征人。有钱的人出点儿财物，或者给乡长、闾长一点儿好处，就可以不去，穷人没有钱行贿（huì），只好被征了去。于是，每回送到北方去防守的壮丁总是贫苦的农民。

阳城的地方官派了两名官员，押着九百名贫民壮丁，动身到渔阳去。军官从壮丁当中挑选了两个个子高、能办事的人作为屯长，叫他们分别管理其余的人。那两个屯长一个叫陈胜，一个叫吴广。陈胜和吴广本来素不相识，现在碰到一块儿，同病相怜，倒也意气相投，很快就成了朋友。两人只怕路上耽搁，误了日期，遭受责罚，于是天天帮着军官督促这一大批壮丁往北赶路。

他们走了几天，到了大泽乡，正赶上下大雨。大泽乡地势低，水淹了道，没法走。他们只好扎了营，暂时停下来，准备天晴以后再继续赶路。可是雨却偏偏下个不停，急得这队壮丁好像热锅上的蚂蚁似的，不知道怎么办才好。秦朝的法令十分严苛，误了期限，就得砍头。走又走不成，逃又逃不了，他们只能愁眉苦脸地叹着气，私底下说些抱怨的话。

陈胜偷偷地跟吴广商量，说："这儿离渔阳还有几千里地。就算雨马上停住，路上也不好走。算起来，

燕雀安知鸿鹄之志哉

陈胜原是雇农，他年轻时曾被人雇用去耕地。有一天，陈胜坐在田垄上休息，他叹了口气，感慨万千地说："我们之中如果有人日后富贵了，可不能忘记老朋友啊！"（苟富贵，勿相忘）雇工们纷纷嘲笑他："你只不过是一介雇农，哪来的富贵呢？"陈胜听了，长叹一口气，说："小小的燕雀又怎么能知道鸿鹄的志向呢？"（燕雀安知鸿鹄之志哉）

咱们怎么也赶不上日期。难道咱们就这么白白去送死吗？"吴广说："不如咱们逃走吧。"陈胜摇摇头，说："逃到哪儿去？被官府抓回去，也是个死。横竖都是死，不如起来造反，推翻秦朝打天下，为老百姓除害。夺不到天下再死，也比到渔阳去送死强。老百姓吃秦朝的苦头也吃够了。听说那秦二世是秦始皇的小儿子，顶坏，压根儿就轮不到他做皇帝。大公子扶苏才是应当登基的，天下的人都知道他是个好人。听说他被秦二世杀了，多冤哪！可是老百姓大都不知道他确实已经死了；还有，从前咱们楚国的大将项燕，立过大功，又爱护士兵，咱们楚人都知道他是条好汉。有人说他已经死了，有人说他逃走了。不管他是死是活，反正楚人都替他打抱不平。这儿原来是楚国的地界，要是咱们能借着公子扶苏或者楚将项燕的名头，号召天下，准会有许多人出来帮咱们的。"

吴广也是个有见识的好汉。他完全赞成陈胜的主张，情愿豁出性命跟着陈胜一块儿干。可是打天下是一件大事，不能莽撞。他们又不能跟别人去商量，就决定先去算个卦。算卦先生一见两个高个儿气冲冲地跑进来，已经有些害怕了，听说是来问吉凶的，连忙低声下气地说："请问两位问的是什么事？"陈胜、吴广不好说要造反，只能含含糊糊地说:"我们要干一件很重要的事情,不知道能不能成功。"算卦的也是个有心人,他说:"只要你们同心协力,事情就可以成功。"最后,算卦先生又加了一句:"如果能有鬼神相助,那就更好了。"陈胜和吴广仔细商量了一些办法,决定分头去干。

第二天,陈胜打发两个心腹到街上去买鱼。伙夫剖鱼的时候,在一条大鱼的肚子里剖出了一块布。鱼肚子里有布,已经够新鲜的了,更何况布上面还有红色的"陈胜王"三个字。一下子,好多人便争抢着来看。很快,这件新鲜事儿就传开了。大伙儿跑到陈胜跟前去报告这件怪事,陈胜责备他们,说:"鱼肚子里哪能有布?你们造谣生事,要是被军官听到了,我还能活命吗?你们平日跟我很好,别害我啊!"众人被他这么一说,谁都不愿意叫陈胜为难,只好不再开口。可是吃鱼的时候,还免不了喊喊喳喳地议论着。到了晚上,大伙儿怎么也睡不着,都躺在一块儿交头接耳地聊着鱼肚子里出的这桩怪事。

大伙儿正瞎聊着,忽然听到外面好像有狐狸叫的声音。一下子,所有人都竖起耳朵静静地听着。确实是狐狸叫的声音!真怪,狐狸的叫声越来越清楚,居然叫出人话来了。第一句是"大楚兴",第二句是"陈胜王"。

大家不约而同地用手捂着耳朵沿儿，仔细去听。那狐狸还是"大楚兴，陈胜王""大楚兴，陈胜王"不停地叫着。其中有十几个胆儿大的壮丁也不管路湿，一块儿出去要看个明白，他们循着声音走去，才发现那声音是从西北角的一座破祠堂里传出来的。三更半夜，荒郊破祠堂里，狐狸说着人话，多吓人哪！有人吓得撒腿就跑，有人还想再走近瞧瞧。也许那狐狸也听见有人过来，不再叫了。去看的人又害怕又纳闷儿，只好静悄悄地回来。过了一会儿，吴广也从外面回来了。他的胆子格外大，独自出去，回来再晚，也什么都不怕。

鱼肚子里有"陈胜王"三个字，有人亲眼看到了；祠堂里的狐仙叫唤着"陈胜王"，有人亲耳听到了。壮丁们私下里都在疯传这两件事。只有那两个军官，天天喝酒、睡觉，要么就打人，别的什么也不管，队伍里的事情都交给陈胜和吴广，陈胜、吴广对大家格外好，很快就跟大伙儿打成了一片。大伙儿纷纷抱怨吃不饱穿不暖，还要冒着被砍头的危险，陈胜一看，机会来了。

这天，陈胜、吴广带着几个心腹去见两位军官，其他人在营帐外等候消息。吴广大声对军官说："天天下雨，我们怎么能赶到渔阳去呢？就算去了，也要误期。误了期，就要被杀头。我们特意来跟你们商量：还是让我们回去种地吧。"这几句话真说到大伙儿的心坎里去了。可是其中一个军官瞪着眼睛骂吴广,说:"什么话!你敢违抗朝廷吗?谁要回去,先把他砍了!"外面的人听了,气得直想冲进去,吴广一点儿也不害怕。他咬着牙说:"你敢?"另一个军官拔出宝剑就向吴广砍去。吴广眼疾手快,一个飞腿把那把宝剑踢下来,快速捡起,顺手就把那军官杀了。头一个军官也拔出宝剑来要跟吴广对打,陈胜掏出藏在怀里的菜刀,箭步上前,把那个军官的脑袋劈下了一片。两个军官就这样被杀了。

陈胜捡起宝剑,割下两个军官的脑袋,提在手里出了营帐。他对众人大声说:"弟兄们!男子汉大丈夫不能白白地到渔阳去送死,死得有个名堂。王侯将相难道就是天生的吗?难道我们就不能成为王侯将相吗？"好几百人一齐大声附和："我们听您的！"说也奇怪，就在这时，天也听他的，连太阳都出来了。

陈胜叫弟兄们把两个军官的人头挂在竹竿上，又在营外搭了个台，做了一面大旗，旗上写着"大楚兴"的"楚"字。大伙儿对天起誓：同心协力，替楚将项燕报仇！他们公推陈胜和吴广做首领。陈胜就自称将军，封吴广为都尉，这样，九百条好汉一下子就把大泽乡占领了。

大泽乡的农民一听到陈胜、吴广出来反抗秦朝，都说："老天有眼，这可有了盼头啦！"都拿出粮食来慰劳他们。青年子弟纷纷拿着锄头、铁耙、扁担、木棍之类，到陈胜、吴广的营里来投军。人数多了，就得分别编成队伍。每一个小队总得有面旗子作为领队的记号。而且一下子还得需要这么多的刀枪，从哪儿来呢？陈胜、吴广跟大伙儿商量了一下，想出了一个土办法来——他们用木头做刀，又砍了许多竹子，梢儿上留着枝子。这样的竹竿当作旗子，又轻便又顶用。陈胜、吴广就带领着这么一支农民起义军"揭竿而起"，浩浩荡荡地从大泽乡出发去攻打县城。

揭竿而起

《过秦论》中,有"斩木为兵,揭竿为旗,天下云集响应"的表述,说的就是陈胜、吴广起义的故事。

砍了木头做刀子,扛起竹竿做旗子,手中没有任何武器、资本的陈胜、吴广,就凭着一股反抗压迫的志气带着百姓们浩浩荡荡地准备推翻秦帝国。他们无所畏惧的反抗精神像一簇火,迅速燃遍了秦统治下饿殍遍地的田野乡间。

后来,人们用这个成语来泛指人民起义。

逐鹿中原

这几年来,各地的老百姓被秦朝的官吏压得喘不过气来,谁都盼着能来阵狂风暴雨。陈胜、吴广一声霹雳,真叫人感觉到有种说不出的痛快。于是,陈胜的兵马还没到城下,秦朝官吏的脑袋早就被人砍了去。各地的老百姓纷纷赶着车马跑来投军,愿意听从陈胜的指挥。

陈胜、吴广不费吹灰之力,就占领了县城作为根据地。陈胜派手下去进攻邻县,又打下了五六座城。不到几天工夫,陈胜就已经有了六七百乘车(四匹马拉的一辆车叫一乘),一千多骑马的士兵,还有好几万农民。陈胜又带领着这些人马打下了陈县。陈县是个大城,陈胜打下了陈县,声势更大了。除了大批起义的农民以外,还有些不得志的谋士、武士,以及失意的政客和六国领主的残余分子等，也就近混了进来。陈胜一一收用。

队伍扩大了，成分也就复杂了。在这许多新收用的人当中，最出名的是两个大梁人：一个叫张耳，一个叫陈馀（yú）。他们原先都是贵族，一心想恢复原来的领主统治。陈馀比张耳年轻，他像尊敬长辈似的尊敬着张耳。两个人做了知己朋友。后来魏国被秦国灭了，过了好几年，秦国听说这两个人，还悬赏捉拿他们：拿住张耳的赏一千金，拿住陈馀的赏五百金。他们只好更名改姓，躲在陈县。这会儿他们听到陈胜到了陈县，就又用了原来的姓名，投到陈胜的门下来。陈胜早就听说过这两个人，便把他们当作谋士看待。

陈胜叫张耳、陈馀去召集陈县的百姓共同商量大事，

> **陈胜、吴广起义对后世的影响**
> 　　陈胜、吴广起义是中国历史上第一次大规模的农民起义。他揭开了秦末农民起义的序幕，从根本上动摇了秦王朝的统治，为后来项羽、刘邦灭秦创造了有利的条件。这次起义，对后来的封建统治者也起到了警示作用，汉初的休养生息政策和开明的统治很大程度上是受这次农民起义的影响。

百姓们见陈胜的军队不抢东西，不伤人，个个喜欢。他们说："将军替天下百姓报仇，征伐暴虐的秦国，恢复我们楚国，这功劳多大啊！可是没有王，就不能号令天下去征伐秦国，我们都是楚国人，就请将军做楚王吧。"

陈胜听了，问张耳、陈馀有什么意见。张耳、陈馀混进农民起义军的队伍，目的并不是真心想来帮助他们，而是想利用起义军的力量来恢复自己的旧势力。现在他们一见老百姓都推起义军的领袖陈胜为王，就起来反对。张耳还说了一大篇冠冕堂皇的道理，其实只有一句话，就是主张旧势力复辟。陈胜不同意，可又不好意思驳斥张耳和陈馀，就说："再商量商量吧。"陈县的父老们都说："这还用得着再商量吗？将军不做王，谁还能做王呢？"陈胜向他们点点头，不说话。就这样，陈胜就在陈县称王，国号"张楚"。因为他在陈地为王，历史上就称他为陈王。

陈王派吴广带领将士们往西去攻打荥阳（荥xíng），荥阳由秦朝丞相李斯的儿子李由守着。秦兵很强，吴广没法打进去，便向陈王搬救兵。陈王的谋士们认为与其再派一批兵马去援助吴广，不如直接去进攻咸阳。于是陈王又派曾在楚将项燕手下做过事的周文向西进军去攻打秦都咸阳，起义军一路上得到了当地百姓的热烈拥护，起义军的战火燃到了全国，各地纷纷有人起兵响应，秦朝的统治眼看就要被推翻了。

起义军的战线越拉越长，问题也就出现了。好多打下来的地盘被旧的六国贵族们占了去，这些旧贵族大多不听陈王的指挥，他们只想着恢复以前的势力，抢占自己的地盘。于是，陈胜起兵不到三个月工夫，就已经有了楚王、赵王、齐王、燕王和魏王五个王了。当初秦始皇灭了的六国只少了一个韩国。这些王一心守着自己的地盘，谁也不去支援吴广和周文他们，他们也不听陈王的指挥，不久，吴广和周文打了败仗，都死了。

自从陈胜称王以后，昔日跟他一起种过地的亲戚朋友都来求见他。可是把守宫门的卫兵们瞧见这些破破烂烂的大老粗，不但不让他们进去，反要把他们绑起来。他们嚷着说："陈王跟我们有交情，你们怎么不讲理呀？"卫兵们这才不去为难他们，可就是不给他们通报。他们吵吵嚷嚷地在道上等着，非要等陈王出来评个理。过了一会儿，他们看见陈王坐着车马前呼后拥地出来了，就一窝蜂似的围上去，高兴得说不出别的话来，只会亲热地连连喊着："陈胜，陈胜！"

陈王一见，都是些跟自己从小光屁股长大的朋友，就把他们接到宫里来。这帮人看见陈王宫里的屋子这么

深,帘子这么讲究,摆设这么多,都说:"哟!陈胜做了王,可真阔气呀!"陈王听了,也不在乎。庄稼人本来就不懂得那些虚情假意的礼节,也不讲究官员们说话的那一套花样。他们说话就像聊家常似的"陈胜哥长、陈胜哥短",一聊就聊起陈王当初做雇农的情形来了。

陈王的官员们本来就瞧不起这些大老粗,这会儿听到了这些话,就对陈王说:"这些粗人说话没有分寸,进进出出也不守规矩。他们这么没上没下地胡说八道,严重损害了大王的威风。请大王严惩。"陈王就把几个最没礼貌的大老粗杀了。这么一来,就有不少人悄悄地走了。另一头,陈王的老丈人瞧见陈王待他不像农村里

女婿对丈人的样子，也火儿了。他说陈王自高自大，不尊敬长辈，他也溜了。后来，不但从本乡来见陈王的那批亲戚、朋友全走了，就连楚营里跟陈王一块儿起义的士兵也走了不少。

陈王身边最管事的有两个人，一个叫朱房，一个叫胡武。文武百官都得受他们监察。这两个人根本就不是能帮助陈王成大事、立大业的人才。他们老随自己的脾气对待别人。自己喜欢的人即使做错了事也无所谓；自己所不喜欢的人，一不高兴就拿来办罪。将士们私下里怨言四起，可陈王就是信任这么两个人，就这样，很多手下人对他越来越疏远。

秦朝大将章邯（hán）打败了周文，一直打到陈县，陈王带领着大伙儿抵抗了一阵，无奈起义军打仗的经验太少，武器也差，很快便吃了败仗。陈王只好退出陈县，陈王手下的人越打越少。他的车夫庄贾眼见他失了势，就起了歹心，把他杀死，投降了秦朝。

陈王手下的将军吕臣带领着一队人马杀了叛徒庄贾，反攻陈县，把陈县夺过来做了抗秦的根据地。陈胜、吴广虽然都死了，可是由他们点起来的那把火正在到处烧着，而且越烧越旺。陈王派到广陵去的另一位楚将召平，到了那边，还没能够把广陵收复过来，就听到了陈王被害的消息。他想挽回这个局面，就渡过长江，到了吴中。他不说陈王已经死了，反倒假传陈王的命令，拜一位在当地起兵的将军为楚王上柱国（上柱国，楚国的官衔，是一位地位极高的常胜大将军的头衔，也有说相当于相国），叫他往西边去进攻咸阳。

逐鹿中原

《史记·淮阴侯列传》中说："秦失其鹿，天下共逐之。"韩信死后，刘邦问责于他的谋士蒯通，蒯通说了上面这句话，描述秦王朝灭亡时，群雄共起的局面。

鹿，与禄同音，用来比喻秦王朝的政权。秦王朝失去了自己的政权，让天下豪杰有机会争夺天下。陈胜、吴广起义后，各方起义军争相崛起，纷纷争夺地盘，建立自己的势力。

八千子弟

　　楚将召平假传命令所封的那个楚王上柱国，就是项羽的叔父项梁。项梁看到东南一带纷纷起义，于是就杀了秦朝的官吏，响应陈胜。当地的老百姓都十分痛恨秦朝的官吏，只是自己没法反抗，现在项梁起来，杀了郡守，真是大快人心。他们都拥护项梁响应陈王。项梁就自立为将军，同时做了会稽郡守，立项羽为偏将。当时就有不少壮士前来投军，项梁就叫项羽带着几百名士兵去攻打邻近的县城。

　　那时候，项羽是个二十四岁的青年。年龄跟项羽差不多的青年农民大多知道项羽的能耐。大家都是青年英雄，性情脾气又合得来，全都乐意跟他在一块儿。不到几天工夫，就组成了一支八千人的队伍。因为这些青年都是当地的子弟，于是称为"八千子弟兵"。每一个子弟兵都像刚出山洞的老虎似的，威风凛凛，勇气百倍。他们情义相投、重义气，自愿在一起干事情。项羽做了八千子弟兵的首领。他带着大伙儿，接连收服了几个县城。回到叔父那儿，正碰到楚将召平来拜他叔父为上柱国，项羽心里非常高兴。

召平对项梁说："江东已经平定了，陈王请您往西打过去。"项梁、项羽就带领着这八千子弟兵渡江，准备先去收服广陵。正在这时，他听说有个叫陈婴的人收服了东阳，在当地人的拥护下，已经组成了一支两万人的队伍了。项梁就打算跟他联合起来，一同往西进军。

项梁写了一封信，派人给陈婴送去。陈婴收到了项梁的信，这信正好解决了他一件棘手的事情。原来陈婴本是东阳县的一个文书，他素来小心谨慎，又讲信义，城里的人称他为忠厚长者，都挺尊敬他。东阳的一些青年响应陈王，杀了县令，一下子聚集了几千人。可是他们没有合适的首领，就请陈婴出来。陈婴不干，他说自己没有这份能耐。几千人一起哄，强迫他做了他们的首领。县城里的人听到陈婴起义，都来投军。县城里原先的一些士兵也纷纷起来拥护他。没几天工夫，就有两万人情愿听从他的指挥。

大伙儿听说别的地方都有了王了,就要立陈婴为王。这叫陈婴十分为难。他去跟母亲商量,母亲说:"咱们不是富贵人家,你只是个县里的文书,怎么能做王呢?

突然出了名，很容易惹出祸来。不如挑一个主人，你做他的助手。事情成功了，也能受封、受赏；失败了，人家不会指名道姓像抓头儿那样来抓你。在这个兵荒马乱的年月里还是这么办好。"

就在这个时候，项梁的信到了。陈婴就出去对青年们说："项家祖祖辈辈做楚国的将军，挺有威望，楚人谁都知道。项梁是将门之子，我们要成大事，非跟着他不可。我们有了这么有名的楚国大将，准能灭了秦国，为天下除害。"大家都同意，就跟项梁的军队联合起来。他们很快收服了广陵，接着渡过淮河，继续前进。

项梁、项羽和陈婴渡淮河的时候，军队里已经有了好几位很出名的将士了，像季布、钟离眛、虞子期、桓楚、于英等。季布和钟离眛本来是会稽郡的将军；虞子期是项羽的大舅子；桓楚和于英上过山头，做过"大王"，是由项羽收服过来的。

他们过了淮河，正在行军的时候，就见前面有一支兵马挡住去路。那个带头的一定要这支新来的军队说明来历，才肯放他们过去。项羽跑到前头一看，是一个脸上刺了字的大汉，并不认识。项羽对他说："我们是楚将项燕的后人，楚王上柱国项梁的大军。因为秦二世昏暴，毒害百姓，会稽子弟起来为楚王报仇，为天下除害。

> **黥　刑**
>
> 黥刑（黥 qíng）又叫墨刑，是古代的一种肉刑。具体惩罚方法是在罪犯的脸上刺字，然后涂上黑墨，表示犯罪的标志。罪犯刺在脸上的字将终生无法擦洗掉。故事中的英布，就曾被秦始皇处以黥刑。因此《史记》中又称他为"黥布"。

请问将军尊姓大名？"那个脸上刺字的将军说："我叫英布，因为陈王打了败仗，陈城被秦人夺去，我刚帮着楚将吕臣打退秦兵、夺回了陈城。现在正想往东去，不料在这儿碰到了项将军。"

后面的桓楚听说是英布，急忙跑到队伍前面，大声嚷着说："英大哥，怎么还不下马？我已经投到楚军里来了，你我弟兄说过的话可要算数，快去见过上柱国。"英布一瞧是桓楚，连忙下马，伏在地上。项羽、桓楚也都下了马，扶起英布。

项羽说："原来你们两位是朋友。好极了。"桓楚对项羽说："英大哥神勇义气，就是时运不好。他先前被秦国官府抓了去，说他犯法，定了罪，脸上还刺了字，跟一大批别的壮丁充军到骊山去造大坟，在那儿他结交了一帮弟兄，后来他从骊山逃出来，路过我的山头，我们意气相投结为弟兄，约定倘若日后有出头的日子，相帮相助，共图富贵。想不到今天在这儿碰到了英大哥，真是巧极了。"英布说："项将军起义，我愿意做个小兵。"他们就领着英布去见项梁，项梁当然喜欢，十分重用他。

原来当初英布得到了桓楚的帮助，带着几十个从骊山逃出来的囚犯，在鄱阳湖里做了强盗。鄱阳的长官吴芮（ruì）性子直爽，喜欢结交江湖上的好汉。英布听到陈胜、吴广起义，就去求见吴芮，请他起兵响应。

吴芮见他雄壮，又有志气，就把自己的女儿嫁给了他。结婚以后，英布不愿意老在家里待着，向丈人借了些兵马，连同原来的弟兄，去攻打江北。可巧碰到楚将吕臣被秦兵打败，丢了陈城。英布就帮他反攻，收复了陈城。这会儿他想往东去抢地盘，恰又碰上了项梁的军队，就联合在了一块儿。

项梁和英布联合起来，就有了四五万人马。他们走了一两天，又来了一位带兵的蒲将军。蒲将军带着一两万人马投归了项梁。这一来，项梁就有了六七万人马了。项梁带领着大军到了薛城，在那儿驻扎下来，跟将士们商量以后行军的事情。

就在这时，从丰乡又来了一位将军，他带着一百多名随从前来投奔项梁。项梁虽然不认识那位将军，可是人家既然来投奔他，他就不能不收留人家，那位来求见项梁的将军名叫刘邦。

八千子弟

"八千子弟"是一个有名的典故。项梁刚刚起义时,项羽每日与一群江东子弟练武,结下了深厚的情谊。这八千年轻力壮,胸中豪迈的江东子弟兵就是项氏叔侄起义的基础。后人的许多诗歌里都爱借用这一典故描写项羽。如:"争帝图王势已倾,八千兵散楚歌声""八千子弟同归汉,不负军恩是楚腰""八千子弟尽成灰,楚图王位任风吹"等。

斩蛇起义

　　刘邦原本是个庄稼汉,沛县人。可他从小就不愿意种地,父母总说他没有出息。到了壮年,他做了泗水亭长。亭长主要的职务本来是管理当地老百姓,打打官司,抓抓小偷,遇到重大的事情才上县里去报告。可是在秦朝暴虐的统治底下,亭长主要的工作,就变成了抓壮丁和押壮丁到咸阳或骊山去做苦工。

　　有一次,刘邦押着一队壮丁到了咸阳,恰巧秦始皇出来,被他瞧见了。刘邦一看做皇帝这么威风,就暗暗地叹了口气,说:"唉,大丈夫就该是这个样子!"从那以后,他便有了野心,跟豪杰、官吏们的来往就更多了。

　　这天,刘邦听说县令家里来了一位贵客,当地的豪杰和官吏都去道贺。他可不想错过机会，当然也去了。到了那里，他看见县里的文书萧何在门口替主人收贺礼。萧何盯着刘邦，成心想叫他为难，对他说："贺礼不满一千钱的坐在堂下。"刘邦心里骂着："好小子，你这算哪门子规矩！"可他没骂出来，反而昂着头说："我送一万！"萧何知道刘邦吹牛。可他们是同乡又是老朋友，就白了他一眼，让他进去了。等到堂上、堂下都坐满了客人，萧何打哈哈说："刘邦只会说大话，哪儿能真送一万？"这时，刘邦挺神气地走到上座，一屁股坐下，也打哈哈说："一万钱算得上什么？记一笔账吧！"

　　那位县令的贵客叫吕公，他见刘邦气派大，说话又挺豪爽，不由得对他格外尊敬。等到喝开了酒，吕公更加佩服他的海量。刘邦那种有说有笑的痛快劲儿压倒了在座的客人。吕公见的人多了去了，可像刘邦这种人他却真就没碰到过。羊群里跑出骆驼来了，他可不愿放过。直到客人快散完了，吕公拿眼神示意刘邦，请他留下。刘邦心想，让我留下做什么呢？光脚的不怕穿鞋的，留下就留下。结果，吕公请县令做媒，把自己的女儿吕雉嫁给了刘邦。

　　刘邦可不能老陪着媳妇儿。上头又下了命令，叫他再送一批壮丁到骊山去。他只好押着他们一天天地赶路。那批壮丁谁都不愿意丢了自己的庄稼,跑到那么远的地方去做苦工。虽然这些人都用绳子拴着,可是每天晚上总会有几个逃走的。刘邦一个人又没法儿把他们抓回来。他挠着头皮,一筹莫展。照这样下去,到了骊山,也许就只剩下他一个光杆了。

这天下午,他一步懒似一步地走着,到了一个地方,虽然时间尚早,他却叫壮丁们休息,准备过夜了。看见旁边有卖酒的,他就买了些酒,坐在地上一声不响地喝着。酒喝够了,天也晚了。他突然站起来对众人说:"你们到了骊山,就得做苦工,不是累死就是被打死。就算不死,也不知道哪年哪月才能回家。我现在把你们都放了,你们自己去找活路吧。"说着,他就把每个人的绳子都解开了,低着头,闭着眼睛,挥挥手,说:"去吧!"众人感激得直流眼泪。他们说:"那您怎么办哪?"刘邦说:"我也不能回去了,逃到哪儿是哪儿,走着瞧吧。"其中有十几个壮丁情愿跟着刘邦一块儿"去找活路",其余的人谢过了刘邦,感激涕零地走了。

逃命要紧,那天晚上刘邦一行人不能再住客店了。他醉醺醺地带着这十几个人往洼地那边走去。刘邦东倒西歪地走得慢,有三五个人跟他一起落在了后头。他们

走了一阵子,月亮出来了。他们怪月亮太亮,万一被别人发现告官可不是闹着玩儿的,于是专挑小道走。突然,不知道怎么回事,前面的人撒腿就往回跑,吓得后面的人还以为碰到了官兵。这一下子倒把刘邦的酒吓醒了,他跑上前,着急地问:"出了什么事儿啦?"有人说:"前面有一条蛇横在道儿上,大得吓人,咱们还是走别的路吧。"

刘邦听说是条蛇，反倒放了心。他说："壮士走路，还怕蛇吗？"他就跑在前头，拔出宝剑，提在手里，过去一瞧，果然是一条挺大的白蛇。他举起宝剑，一下子就把那条蛇剁成了两截。那两截蛇扭动了几下，就像粗绳子扔在那儿似的，不动了。刘邦把上半截拨到左边的庄稼地里，把下半截拨到右边的水坑里。大伙儿这才敢继续往前走。

刘邦斩白蛇大概也就是这么一回事。可是过了好几年，出了传闻了。据说，有人从刘邦斩蛇的地方经过，看见一位老婆婆在那儿哭着说：

"我的儿子是白帝的儿子，变成

一条蛇，拦住道儿，被赤帝的儿子杀了。"那个人再要问她，她忽然不见了。怪不怪？说起来，一点儿也不怪。白帝是指秦朝，赤帝是指汉朝。赤帝的儿子杀了白帝的儿子，这就证明汉灭秦是上天注定了的。有人故意把老婆婆哭儿子的话传了出去，好叫大伙儿相信刘邦才是真命天子。

刘邦斩了白蛇以后，就和那十几个壮丁逃到芒砀山（芒砀 máng dàng）躲了起来。他们跟附近沛县的人偷偷地有了来往。不久，其他无路可走的人也跑到芒砀山来了，竟然聚集了一百多人，他们就更不怕官兵了。

三皇五帝

三皇五帝并不是真正的帝王，而是指原始社会中后期出现的为人类做出卓越贡献的部落首领或部落联盟的首领，后人追尊他们为"皇"或"帝"，以各种美丽的传说来颂扬他们的伟大功绩。关于"三皇五帝"，有各种不同的传说。其中一说，"三皇"指的是伏羲（太昊 hào）、神农（炎帝）、轩辕（黄帝）；"五帝"指的是少昊（白帝）、颛顼（zhuān xū）、帝喾（kù）、尧和舜（shùn）。

等到陈胜、吴广占领了陈城,号召天下推翻秦朝统治的时候,不少郡县纷纷起来响应。沛县的县令也想投降陈胜,就跟文书萧何和管监狱的曹参两个人商量。萧何、曹参都说:"您是朝廷命官,不替朝廷出力,反倒去投降敌人,恐怕手下的人不服。况且您自己没有人马,事情就更不好办了。倘若能发动个几百人,别人就不敢反对了。刘邦很有能耐,听说他手下还有一帮壮士。您若免了他的罪,他还能不感激您,替您出力吗?"县令同意了,萧何就打发樊哙(kuài)去叫刘邦他们回来。

樊哙也是沛县人,是个宰狗的。他娶了吕公的第二个女儿,跟刘邦做了连襟。萧何认为他跟刘邦有亲,派他去最合适。刘邦、樊哙带着芒砀山一百多条好汉雄赳趁地向沛县赶来。可到了半路,却迎头碰到萧何、曹参从城里逃出来。刘邦急忙问:"你们怎么到这儿来了?"萧何说:"县令变了卦。他怕外来的人靠不住,就下令关紧城门,还要杀我们俩。"曹参把话接过去,说:"幸亏我们提前得到了消息,从城墙爬了出来。你说可怎么办哪?"刘邦说:"砍了那个狗官不就结了吗?"

他们到了沛城,果然城门紧闭。沛城的老百姓还替县令守着城。刘邦跟萧何商量了一下,就写了一封信,绑在箭上,射进城里去。城里的人捡到了信,一看,上面写着:"天下老百姓吃秦朝的苦头还不够多吗?现在你们替秦朝的县令守城,等起义军的兵马一到,沛县的老百姓必然遭到屠杀,那可得多冤哪!不如杀了县令,在自己的子弟当中挑个合适的人做县令,响应起义军。这样,既能保全性命,又能保卫家园。"

城里的百姓就率领子弟,杀了县令,开了城门,把刘邦他们迎到城里去,大伙儿立他为县令。就这样,刘邦做了沛公。这时候他已经四十八岁了。

沛公刘邦还举行了一个起兵的仪式。萧何、樊哙他们分头去招收沛县的子弟。没几天工夫,就来了两三千人。沛公先领着这两三千人占领了自己的本乡丰乡,他嘱咐本地人雍齿带着一队人马守在那儿,自己又去进攻别的县城。

不料魏相国周市派人去对雍齿说："丰乡本来是魏国的土地。现在魏国已经收复了几十座城，请将军从大处着想归附魏王，他定会封将军为侯。要是您抗拒魏军，等到丰乡被打下来，全乡人就得遭到屠杀。"

雍齿跟沛公本来就面和心不和，他早已不愿意在沛公的鼻子底下做事。这会儿周市来拉拢他，将来还能指望封侯，他就背叛沛公，归附了魏王。沛公得到了这个消息，气呼呼地要去攻打丰乡。可是自己兵力不够，他就打算到别的地方去借兵。他到了留城，正碰到张良（"孺子可教"中的张良）也召集了一百多人反抗官府。这俩人一聊，挺合得来。沛公觉得相见恨晚，把他当作老师看待。张良也认为他和沛公有缘，就跟他在一起了。沛公召集了几千人去攻打丰乡，他要亲手砍死雍齿。偏偏雍齿防守得很严，沛公没法打进去。这叫沛公怎么受得了？他就转到薛城去求项梁。

项梁见沛公也是一个人才，就拨给他五千人马、十个军官。沛公得到了项梁的帮助，打下了丰乡，逼得雍齿逃到魏国去了。沛公把丰乡改为丰县，筑了城墙防守起来。

斩蛇起义

这个典故在《史记·高祖本纪》中有记载，"（高祖）乃前，拔剑击斩蛇……后人来至蛇所，有一老妪夜哭。人问何哭……妪曰：'吾子，白帝子也，化为蛇，当道，今为赤帝子斩之，故哭。'"这段被后世津津乐道的斩白蛇故事，为刘邦登上帝位涂抹上一层神秘色彩。

这个典故经常被用在京剧等艺术作品中，"斩蛇"也时而与"逐鹿"连用，比喻封建时代群雄四起，争夺统治国家的权力。

人心所向

有一天,刘邦接到项梁的通知,说让他去薛城商量大事,他就带着张良到薛城去拜见项梁。

自从陈胜起义以来,起义军遭遇了前所未有的困境。一方面,陈胜、吴广和周文等几个主要的领袖都死了,各地小股的起义军彼此孤立,力量分散。张耳、陈馀等人也早已背叛陈王,另立新的赵王、齐王、燕王和魏王。这些原来六国的贵族各抢各的地盘,已经跟农民起义军分道扬镳。另一方面,秦将章邯(hán)、李由等兵精粮足,正在打击起义军,予以逐一击破。

就在这紧要关头,项梁在薛城召开会议,决定把起义军重新组织、整顿一下,继续斗争。他说:"我打听到陈王确实死了,楚国不能没有王。因此,请各位共同

"亚父"范增

范增七十岁反秦,他向项梁提出了立楚王的策略,依靠楚国的力量抗秦。

范增是项羽的主要谋士,被项羽尊为"亚父"。在项羽入关之后,他多次劝说项羽灭掉刘邦,均未被采纳。后在鸿门宴上多次示意项羽杀掉刘邦,终未获成功。后刘邦用计离间,致使范增被项羽猜忌,于是范增辞官归里,病死途中。

来商议,公推一位楚王。"大伙儿喊喊喳喳地商量了一下,就说:"请将军决定吧。"有的干脆提议立项梁为楚王,项梁可不能答应。

正在为难的时候,卫士报告说:"有一位范增老先生求见将军。"项梁就出来迎接,请他坐下。问他:"老先生远来,有何见教?"范增说:"我已经七十了,本来不想出来。因为将军家中世代皆为我楚国大将,又听说将军礼贤下士,我这才冒昧来见您。我来只为说几句话,说完就走。"

在座的人都挺尊敬这位老先生。项梁恭恭敬敬地说:"请老先生多多指教。"范增说:"秦灭六国,

其中受委屈最大的是咱们楚国。楚怀王死在秦国，楚人至今还替他觉得委屈。陈胜起兵，不立怀王的后代，反倒自己做了王，难怪他长不了。现在将军在江东一起义，楚国的豪杰一窝蜂似的都护着将军，还不是因为将军家祖祖辈辈都是楚国的大将，准能恢复楚国，立楚王的后人为王吗？将军若能这么依从楚人的愿望，大公无私地替六国报仇，天下诸侯必然响应。"

项梁说："老先生说得对。我们这就派人去找怀王的子孙。"大伙儿都认为这是一件大公无私的好事，就都留在薛城准备迎接新王。项梁留住范增，请他做谋士。范增见项梁这么诚恳，就不走了。

项梁派人到各处去找楚怀王的后代。事情也真凑巧，还真就在一群看羊的孩子里面找到了楚怀王的一个孙子，大家都管他叫"孙心"。这会儿孙心已经十三岁，替人家看羊也有好几年了，派去的人当时就给他换了衣服，把他送到了薛城。虽说他是个十三岁

的羊倌，可毕竟是楚怀王的亲骨肉，大伙儿就立他为楚王，拿盱眙（xū yí）作为都城。因为楚人还想念着楚怀王，大伙儿就仍管他叫楚怀王。

十三岁的楚怀王怎么能掌握大权呢？总得有人替他出主意，可是下命令还得用他的名义。楚怀王就拜陈婴为上柱国，封项梁为武信君，英布为当阳君。其他像项羽、范增等都有一定的职位。楚怀王封完了官，带着上柱国陈婴到都城盱眙去了。

张良趁机央告项梁，说："将军满足了楚人的愿望，恢复了楚国，立了怀王。这是再好不过的事。现在楚、齐、赵、燕、魏都有了王，单单我们韩国还没有个主人。在韩国的公子当中，要数横阳君成最贤明，要是将军立他为韩王，他必定感激将军，亲楚抗秦。"

项梁就打发张良带着一千多人马去立横阳君成为韩王，往西去收复韩地。张良找到了韩王成，跟他一块儿进攻韩地。他们也打下了几座城。赶到秦将章邯打到韩国，又把那些城夺了回去。韩王成跟张良只好带着项梁给他们的一千多人在颍川（颍 yǐng）一带来回打游击。

这时，秦将章邯杀了齐王田儋，齐将田荣召集了田儋的将士逃到东阿。章邯紧追不舍，决心要消灭田荣。田荣见东阿被围，没法抵抗章邯，就派使者向项梁求救。

项梁立刻带着项羽去救东阿。

章邯出兵以来还没碰到过真正的敌手,这会儿头一次遇到了项梁的军队,果然跟别的军队大不相同。一见到项羽,他就往西逃去。田荣出城跟楚军追杀了秦兵一阵,他见章邯已经走远,就替自己打算,假意说要安抚东阿的百姓,带着自己的人马回去了。只剩项羽的大军继续去追赶章邯。

田荣回到东阿,立田儋的儿子田市为齐王,自己则做了齐相,兄弟田横做了将军。

后来,项梁一心要打败章邯,他派项羽和刘邦去进攻城阳,项梁带领着项羽和刘邦穷追章邯,大破秦军。章邯逃到濮阳(濮 pú),坚守不出。项梁一时打不进去,就自己一面去进攻定陶,一面派项羽、刘邦再往西向陈留进攻。

项羽跟刘邦一路打胜仗,一直打到雍邱,正碰到秦将李由前来对敌。李由是丞相李斯的儿子,也是秦国的一员大将。他可没碰到过项羽,这会儿勇气百倍地跟他对打起来。项羽见他来势汹汹,就靠边一让,顺手一戟(jǐ),把他挑到马下。士兵们过去,好像切菜似的把他的脑袋切了下来。秦军一见死了大将,都乱了阵脚,纷纷逃的逃,投降的投降。

人心所向

《晋书·熊远传》载:"昔齐桓贯泽之会,有忧中国之心,不召而至者数国,及葵丘自矜,叛者九国。人心所归,惟道与义。"意思是说,贯泽之会的时候,齐桓公忧虑中原,所以一呼百应。等到葵丘之会时,齐桓公骄傲自夸,大伙儿都不来参会了。所以,人们拥戴的是仁义与道德。

向,是"朝着、对着"的意思。在这里,范增让项梁不要自立为王,而是帮助楚怀王的后代恢复楚国。这便是站住了道与义的高地,各方起义军才愿意尊敬项梁。

骄兵必败 jiāo bīng bì bài

秦朝的大将李由碰上项羽，丧了命。对秦国来说，他怎么也算是个阵亡的将士，可秦二世不但没把他当烈士看，反倒听信了赵高诬陷李由通敌的话，定了他父亲李斯的罪，把李家一门全都杀了。

秦二世杀了李斯，赵高顺理成章地做了丞相，秦二世把大小事情都交给赵高去办，他自己窝窝囊囊地做着"圣上"。赵高还真有一手，他不让秦二世知道外面的事。他见秦兵接连被项梁打败，就又给了章邯（hán）不少兵马。他还把王离调回来，派他去帮助章邯。秦军就这么又强大起来了。

章邯坚守濮阳（濮 pú），天天派探子去打听项梁军队的情况。项梁的军队驻扎在定陶城外，因为接连下

李斯之死

秦二世派章邯去镇压起义军的时候，就责备作为丞相的李斯任由强盗无法无天。李斯害了怕，他为了讨好秦二世，上奏章请求注重刑罚。于是被赵高钻了空子，他借着李斯的提议，官报私仇，排除异己，杀了很多跟他意见不合的大臣。

赵高又鼓动李斯在秦二世玩乐的兴头上去谏言，结果李斯碰了钉子，惹恼了秦二世。赵高又趁机向秦二世诬陷李斯，说其想勾结陈胜，自立称王。秦二世大怒，下令将李斯灭门。

了十几天大雨，不好进攻。另一头，项羽和刘邦的军队攻下了雍邱，也因为下雨，围住外黄，暂时留在那儿。项梁既不能进攻，又不能召回项羽和刘邦的军队，再说他接连打了好几个胜仗，已经把章邯吓住，也乐得在下雨天让全军休息休息。他就在营里喝起了酒作为消遣。将士们也都打算趁着这个机会快活几天，就什么都没做准备。

项梁营里的谋士宋义对项梁说："打了胜仗以后，如果将军骄傲，士兵松懈，那接下来可能就会打败仗了。我看咱们的士兵有点儿松懈了，秦兵却天天在增加兵力，我真有点儿替将军担心。"项梁笑了笑，说："你的胆子也太小了。章邯碰到我们，打一回，败一回，他还敢怎么样？"宋义说："还是请将军多加小心，免得吃敌人的亏。"项梁说："天一晴，咱们就进攻。可是要消灭秦兵，最好能再调些兵马来。上一回我叫齐国一同出兵，偏偏田荣不顾大义，没来。我想再派使者去叫田荣到这儿来会师。要是他再不来，那我只好先去征伐齐国了。"宋义抢着说："派我去，行不行？"项梁就打发宋义到齐国去。

　　说来也巧，宋义到了半道上正碰到齐国的使者，说是去见武信君项梁的。宋义对他说："我是受了武信君的派遣到贵国去的，一来是为了两国和好，二来我躲开了可以保全性命。"齐国的使者很惊讶，便问："这话

怎么说？"宋义说："武信君项梁打了几个胜仗，就把敌人轻看了。俗语说，'骄兵必败'，章邯又是用兵的老手，这回楚军准打败仗。我看您不妨慢点儿走，免得受连累。不然急忙忙赶过去，钻到乱军里面丧了命，那可多冤哪！"

齐国的使者跟宋义分别以后，半信半疑地在路上磨日子。果然，他还没到楚营，就听说项梁已经阵亡了。原来，项梁打发宋义去了齐国以后，还是继续喝他的酒，士兵们还是继续睡他们的觉。这些情况都被章邯打听得清清楚楚。

有一天晚上，外面还下着雨，定陶营里的楚兵睡得正香，章邯的兵马突然像山洪暴发似的冲了过来。楚兵慌作一团，都来不及抵抗，一下子死的死，伤的伤，逃的逃，哪儿还像个军队，连武信君项梁也被杀了。起义军遭受了很大的损失。章邯大获全胜，接着又打了几场胜仗，占领了好几座县城。

项梁被杀的消息传到了项羽和刘邦驻扎的外黄，项羽和八千子弟放声大哭，刘邦和别的士兵也都流泪。项羽说："我从小死了父母，蒙叔父将我抚养成人，教我读书、学剑、钻研兵法，把我当作自己的儿子一样。现在大事还没成功，他竟被秦人杀害了。我跟秦国这个

不共戴天之仇，非报不可。"说完又哭。范增劝他，说："武信君为国舍身，已经尽到了做臣下的本分。他恢复了楚国，天下响应，投奔他的就有五十多万人，这是了不起的大事业。将军能继承武信君的心愿，为天下除害，就是大孝，请你多加保重。"项羽抹了抹眼泪，说："我一定领受先生的教训。"

刘邦跟项羽、范增等商量，他说："武信君一死，军心不免动摇。咱们不如暂且回去，守住彭城。"大家都同意了，于是暂时停止向陈留进攻，离开了外黄，退到了彭城，在那边驻扎下来。他们请楚怀王迁都，也到彭城来。

楚怀王到了彭城，立项羽为鲁公，刘邦为砀郡长（砀dàng）。一切安排妥当，准备章邯到来，再作抵抗。哪里知道章邯很会用兵，他知道项梁打了败仗，丢了性命，楚军已经大伤元气，就暂时撇开黄河以南这一头，率领大军到黄河以北，进攻赵国去了。楚怀王听到秦军往北去了赵国，就派魏豹去进攻魏地。没有多少日子，接到了魏豹的报告，说他已经收复了二十多座城。楚怀王立魏豹为魏王，叫他守在那儿。接下来，他准备调兵遣将往西去进攻咸阳。

骄兵必败

《汉书·魏相传》载:"恃国家之大,矜民人之众,欲见威于敌者,谓之骄兵,兵骄者灭。"

项梁打了几场胜仗,便骄傲自大,毫无戒备之心地喝酒吃肉快活起来。结果被养精蓄锐的秦兵打个措手不及,项梁身死定陶城。

这个成语的意思是,军队一骄傲,必然打败仗。

破釜沉舟
pò fǔ chén zhōu

楚怀王召集了将士们往西去进攻秦国，可是秦国挺强，楚军又在定陶打了败仗，他为了鼓舞士气，就说："谁先打进关里，就封谁为王。"项羽首先开口，他说："我叔父被秦人杀了，这个不共戴天之仇，非报不可！大王请派我去。"刘邦说："我也愿意去。"楚怀王就叫他们准备起来，挑个好日子发兵攻秦。

项羽和刘邦都退了出去，楚怀王身边还留下几个老臣。他们说："项羽年轻气盛，一心想替他叔父报仇，急躁起来做事未免鲁莽。刘邦年纪大，阅历深，是个忠厚的长者。大王不如派他去吧。"可是楚怀王已经答应了项羽、刘邦一块儿去，怎么办哪？恰巧赵国派使者来讨救兵。他就打算叫项羽往北去救赵国，让刘邦往西去打咸阳。

原来章邯在定陶打败了楚军以后，就带领着大军去进攻赵国。他打败了赵国的大将张耳，把邯郸的老百姓都迁到河内去，又把邯郸的城墙毁了，免得他们再抵抗。张耳只好保护着赵王歇逃到巨鹿城里，守在那儿。章邯派王离、苏角、涉间三个将军围攻巨鹿，把自己的军队扎在巨鹿南边替王离他们供应粮草。赵相国陈馀招收了几万人马，回到巨鹿，把军队扎在北边，却不敢跟秦兵交战。王离兵多粮足，日夜进攻巨鹿城。城里的张耳三番五次地请陈馀出兵。陈馀觉得自己兵马太少，打不过秦兵，始终不敢出去。

张耳又派使者到各处去讨救兵。燕王、齐王都派兵来，张耳的儿子张敖也带着新招来的一万多士兵到了巨鹿，可是他们都驻扎在陈馀的军营边上，就是不敢跟秦兵交锋。

赵国的使者在楚怀王和上柱国陈婴面前哭诉着，项羽已经听得火儿了。他要替叔父报仇，正想跟章邯拼个死活，就对楚怀王说："要是连巨鹿都救不了，还谈什么消灭秦国！我们应当马上发兵去救赵。"楚怀王说："将军能去，再好不过，可是还需一员大将随你一块儿去。"

原来楚怀王和陈婴听了齐国的使者称赞宋义的话，说宋义早已料到项梁准打败仗，楚军准得大批伤亡，他才讨了个差使往齐国去，保全了性命。可见他是个未卜先知的军事家。等到宋义从齐国回来，楚怀王和近身的几个臣下跟他一谈，都觉得他比项羽更可靠。因此，楚怀王就拜宋义为上将军，拜项羽为副将，范增为末将，率领二十万大军往巨鹿去救赵国。

宋义率领着救赵的楚军到了安阳，一打听，才知道秦军势力十分浩大，他不敢再往前，就在安阳驻扎下来。一停就是十多天，急得项羽跑到宋义跟前，央告他："救人如救火，咱们还是打过去吧。"宋义说："现在秦军攻打赵军，要是秦军打赢了，他们就算没有死伤，也够累了。我们趁那时再打过去，准能打个胜仗；要是秦军打不赢，那我们打起来就更容易了。所以我们不如先让秦军和赵军对打一下再说。"他又笑了笑，说："穿着铠甲、拿着兵器跟敌人交锋，那我比不上你；可坐在帐篷里出谋划策，你可就比我差远了。"

这位宋将军又下了一道命令，说："上下将士，如果不服从命令，都得砍头。"明眼人都知道这个命令是对项羽说的。项梁一死，楚怀王用了宋义，夺去了项羽的兵权，而且宋义还趁着这个机会拉拢齐国，他亲自把他的儿子宋襄派到齐国去做相国。回来以后，他就在帐篷里跟将军们喝酒玩乐。救赵的楚军就这么在安阳一天天地停留下去。

那时正值冬日，天气很冷，又碰到下大雨，士兵们受冻挨饿，都抱怨起来。有的说："今年收成不好，老百姓苦得很，军粮也就不够吃，我们当小兵的连芋头、豆子这种杂粮都吃不饱，可他们当将军的还照样大吃大喝，太不像话了！"有的说："怀王不是要我们去救巨鹿吗？老在这儿待着干吗？"项羽听到了这些话，就对他们说："现在军营里粮食不够，可是渡过河去，打败了秦兵，粮食有的是。"他们都说："对呀！请项将军再跟上头去说说。"

第二天，项羽下定决心，又去见宋义，对他说："秦国强大残暴，新立的赵国绝不是它的对手。秦军灭了赵国，就更强了。再说怀王把国内的军队全都交给了将军，不光为了救赵，更是为了灭秦。国家兴亡，在此一举。将军老在这儿待着，按兵不动，已经四十六天了。您也该听听将士们的意见！"

宋义拍着案子，怒气冲冲地说："你想造反吗？怎么敢不服从我的命令！"项羽知道自己没法再在他手底下做事，就拔出宝剑来把他杀了。他提着宋义的人头，出来对士兵们说："宋义私通齐国，背叛大王。我奉了大王的密令，已经把他治死了。请诸君不要多心。"上下将士本来就不大明白为什么宋义做了上将军，项羽反倒成了副将。这会儿一见项羽提着宋义的人头，就说："首先立楚国的，原本是将军一家。现在将军把背叛的人治死了，就该代替他当上将军，统领全军。"项羽就做了代理上将军，他一面派人去追宋义的儿子，把他也杀了，一面打发人向楚怀王去报告。楚怀王只好同意立项羽为上将军。

项羽杀了宋义，派英布带领两万士兵渡过了漳河。章邯派司马欣和董翳两个将军带着几万人马前去拦阻。那两个秦将不是英布的对手，秦兵打了一个败仗，慌忙逃去。项羽知道英布已经占领了对岸，就率领所有的军队也准备渡河。他吩咐士兵，每人带上三天的干粮，把军队里做饭的锅都砸了，把船都凿沉了。他对将士们说："国家兴亡，在此一举。这次咱们打仗，只准进，不准退；三天之内一定要把秦兵打败。咱们死也不回头！你们看行不行？"将士们举起拳头，一齐嚷着说："行！行！"

项羽派英布带领着原来的人马绕道去截断秦兵的粮道。自己则率领大军继续前进去救巨鹿。围攻巨鹿城的秦将王离，见楚军竟把军营扎在河边来挑战，认为楚将不懂兵法。河边扎营，没有退路，要是打个败仗，非全淹死不可。王离轻了敌，带了一支兵马就迎了上去。离城不到几里地，就碰上了楚军。两下一交战，王离的兵马死伤了不少。他只好逃到章邯那儿，请示办法。

章邯听说楚军"破釜沉舟"，要跟秦军决一死战，已经召集了将士们商议迎敌的计策。这会儿见王离打了败仗回来，他就说："项羽十分厉害，我们绝不可小看楚军。你们把所有的人马分成九路，一路接着一路布置好阵势。我先去跟他对敌，引他进来，你们每一路先后接应。等到楚军进入了我们的包围圈，九路人马一齐上来把他们围住，准能叫他们全军覆没。"章邯吩咐九个大将分头把九路人马布置好了，他自己领着一队精兵迎了上去。

章邯首先碰到的正是项羽。仇人相见，分外眼红，

项羽咬牙切齿地直刺章邯。章邯原本打算假装被打败,把项羽引进埋伏。哪知道楚兵个个英勇非凡,个个越打越有劲儿。他们每一个人都抵得上秦兵十个。项羽的那支画戟更是神出鬼没,瞬间就戳倒了秦兵无数人马;他骑的那匹乌骓马(骓 zhuī)像飞一样地追赶着逃兵。此刻,章邯的军队已不是按照原计划假装被打败,而是争先恐后地乱跑乱窜,这反倒把后面几路接应的秦军冲乱了。章邯自己也逃到巨鹿南边的大营里。

项羽的士兵杀到秦军的第二路、第三路。喊杀的声音好像山崩海啸似的震动了天地。秦军再也抵挡不住,纷纷哗啦啦地垮了下去。楚军所向无敌,势如破竹,三天里面连着打了九个胜仗,秦将王离边打边退,偏偏项羽那匹乌骓"嘶"的一声叫,欢蹦乱跳地追上去,逼得王离只好鼓起勇气再次迎敌。项羽见他一枪刺来,就抽出铜鞭,向上一抢,"啪"的一声,王离虎口发麻,握不住枪杆,那支枪脱手飞了出去。王离还想逃命,项羽已经把他从马背上像老鹰逮小鸡似的抓了过来,扔在地下,叫士兵们把他绑了。

这一场大战真是非同小可,杀得天昏地黑,秦国的士兵四散逃命。大将苏角死在乱军之中,另外几个秦将有被杀了的,也有连滚带爬地逃了的。大将涉间一见王离被活活地逮了去，九路兵马又都被楚军打得秋风扫落叶一样，觉得性命难保，就放了一把火，把军营烧了，自己也烧死在了里面。

这次大战，秦兵死伤过半。按说各路来援赵的诸侯总该一齐加入战斗了吧。可是他们都没出来。这是为什么呢？原来先前王离放出话来："谁敢出来，就先打谁！"他们可不敢跟秦兵交战。后来各路诸侯听见了楚军喊声动天，都挤在壁垒上看情况。一见楚军以一敌十，都愣住了，等到他们瞧见项羽专挑人多的地方横冲直撞地杀去，好像闪电劈开乌云似的，他们就都睁着眼睛，伸着舌头，连气都喘不过来了，哪里还能出来打仗呢？直到项羽打败了秦兵，请各路诸侯和将军到大营里相见，他们这才收了舌头，清醒过来。

诸侯们到了辕门，就瞧见一颗人头挂在那儿。定睛

辕 门

古时候帝王出猎或者军队驻扎，扎营之后四周拿战车排列起来，作为屏障，出入处仰两辆车，车辕对着车辕，排成大门的样子，称为辕门。后来也指领兵将领的营门及督抚等衙署的外门。

一看,正是他们最害怕的秦将王离的脑袋。他们倒吸了一口气,还没见到项羽呢,就跪在地上拿膝盖走道,哆哆嗦嗦地爬了进去。等到他们知道了上头坐着的就是项羽,大家谁也不敢抬起头来。直到项羽请他们坐下,他们还都跪着不敢坐呢。他们当中有个胆儿大的抬起头来,抻一抻脖子,咽了一口唾沫,开口说:"上将军神威,从古至今没有第二人。我们情愿听从上将军的指挥!"其余的诸侯一齐像背书似的说:"情愿听从上将军的指挥!"他们就公推项羽为诸侯上将军,各路诸侯和军队全由他统领。

赵王歇和张耳出了巨鹿城,首先拜谢过项羽,接着又往各营去谢过救赵的诸侯。张耳跟陈馀相见,两个人争闹了一场。从这儿起,两个好朋友就变成了死对头。

破釜沉舟

《史记·项羽本纪》有载:"项羽乃悉引兵渡河,皆沉船,破釜甑,烧庐舍,持三日粮,以示士卒必死,无一还心。"

项羽让士兵们把锅都砸破,把船都凿沉,断绝自己的后路,以彰显只前进不后退的决心。士兵们见此,个个儿视死如归,舍生忘死,楚军这才势如破竹打败了秦军。

这个成语后用来比喻下最大的决心,无所畏惧地一拼到底。

指鹿为马
zhǐ lù wéi mǎ

项羽准备继续去追赶章邯（hán），范增劝住他，说："咱们三天之内连胜九仗，将士们已经够累的了。再说赵高专横，秦二世昏庸，章邯打了败仗，想必他们也不能轻易饶过他。我们不如把大军驻扎下来，让将士们休息一下。再趁着章邯在进退两难的时候冷不丁打过去，准能大获全胜。"项羽就把大军驻扎在漳南，与章邯的军队遥遥相望。章邯还有一二十万人马，可就是谁也不打谁。

"姜还是老的辣"，果然不出范增所料，章邯把秦军打败仗的情况报告上去，请秦二世再发兵来。赵高怕秦二世责备他，就把章邯的奏报压了下来。这么大的事虽然瞒过了秦二世，可是火已经烧到眉毛上来了，怎么还瞒得过别人？咸阳城里早就喊喊喳喳地传开了。内侍和宫女们也都交头接耳地说："楚兵打到关里来，我们可怎么办哪？"胆小的宫女们慌了神，也有哭起来的。秦二世虽说昏庸，但他也有耳朵。他问内侍和宫女们："你们闹什么鬼？"他们说："听说章邯连连打了九次败仗，人马死了不知道多少，眼看楚兵就打进关里来了。"秦二世听了，吓得浑身发软。他连忙问："你们怎么知道的？"他们说："上上下下哪一个不知道，就只瞒着皇上您一个人哪！"

秦二世叫赵高进来，噘着嘴责问他。赵高好像受了委屈似的说："我虽然做了丞相，可主要是管理内事。至于用兵的事全由章邯、王离他们掌管。一来我不会打仗，二来里里外外一个人也管不过来。章邯没有能耐，打了败仗，皇上也用不着操心，只要责备他一顿，另派一个大将去就行了。外面的传言哪能信哪！"秦二世觉得赵高的话句句有理，就不再责备他了。

赵高恨透了章邯，他对秦二世说："章邯统领三十万大军，为什么还打不过那几个强盗，这一定要查问查问。请皇上发一道诏书，我马上派人送去。"秦二世就依了他。秦二世质问章邯的诏书到了军营，章邯是又气又怕。他打发司马欣当面去向秦二世申诉。司马欣到了咸阳,可是一连等了三天,别说见不到秦二世,连赵高也不跟他相见。他花了些钱一打听,才知道赵高正在想办法害他。他赶紧从小道逃了回去。

司马欣见了章邯,对他说:"赵高掌权,从中作梗,我们在他手下还能干什么?我们打胜了,他妒忌我们;打败了,他惩办我们。胜也死,败也死,请将军另拿主意吧。"章邯听说项羽要进攻,本来就在干着急,现在听了司马欣的报告,简直逼得他无路可走。正在闷闷不乐的时候,他收到了赵将陈馀给他的一封信,劝他跟诸侯联合起来,为天下除害。信里还说:"共同灭了秦国,将军还可以分封为王;为昏君、奸臣卖命,自己免不了一死,还得灭九族。轻重得失,希望您自己拿个主意。"

章邯这时候,真是"羊撞篱笆",进退两难。可项羽却是有进无退的,接下来他又接连两次大破秦军。章邯只好打发司马欣到楚营里去求和。项羽一想起章邯杀了他叔父，恨不得把他抓来，亲手给他一个千刀万剐，怎么还能答应他求和呢？可是司马欣曾经救过项梁，项羽不能不好好地招待他，却并不愿意跟章邯讲和。

范增可另有主张，他对项羽说："将军这么威武，到了今天还不能进关，为什么呢？还不是因为章邯的军队沿路挡着吗？这会儿秦二世和赵高逼得他无路可走，不得已来归附将军。如果将军能不计前嫌，拿恩典和义气去待他，那他一定会感激将军，替将军出力。章邯是秦国的主将，他一归顺，别的秦将也就容易收服了。如果将军不收留他，他要是去投奔别的诸侯，那等于说，秦国还没灭，另一个秦国倒又出来了。再说，咱们营里的粮食已经不太充足了。这么耽搁下去，恐怕困难会越来越多。希望将军下定决心：要成大事，得忘私仇。"项羽拍拍脑门，说："先生说得对，我一定听从先生的教诲。"

项羽出来，对司马欣说："章邯杀了我叔父，我本来不该答应与他求和。可是替叔父报仇是一个人的私事，国家用人却是天下的公事。只要章邯真心归顺，我绝不因私害公。请他过来吧。"

章邯拜见了项羽，流着眼泪说："承蒙将军收留，我决心听从吩咐，赴汤蹈火，在所不辞。可是上次在定陶……"项羽拧了拧眉毛，不让他说下去。他说："过去还提它做什么？只要以后同心协力，以前的旧账一笔勾销！"项羽就封章邯为雍王，把他留在楚营里，立司马欣为秦军上将军。司马欣带着投降的一二十万秦军走在前头，项羽自己带着章邯，率领着楚军和诸侯的将士，浩浩荡荡地跟着司马欣的兵马往西打过去。

　　章邯投降楚军的消息传到了咸阳，赵高却并不惊慌。他早已有了打算：只要把一切过错都推在秦二世身上，把他杀了，然后投降项羽，不是还可以做大官吗？他怕有其他大臣不服，就牵着北方送来的一只鹿给秦二世和大臣们瞧。那只鹿真奇怪，样子有点儿像马，可又不是马。

　　赵高指着这只鹿对秦二世和大臣们说："这是一匹好马，特来献给皇上。"秦二世笑着说："丞相别说笑话了，这明明是一只鹿，丞相怎么说是马呢？"赵高把脸一绷，正经八百地说："怎么不是？众位大臣都在这里，请他们说说吧。"

　　秦二世就问大臣们："这是不是鹿？"大臣们虽说都有眼睛和嘴，可是大多都是瞧着赵高的眼睛说话的，他们低着头，挺起上眼皮，偷偷地向赵高瞟了瞟，只见

赵高瞪着眼睛，把一对三角眼拉成吊死鬼眼。他们连忙说："是马，是马！"有的大臣不开口。只有几位大臣说："是鹿。"没过几天工夫，那几个说鹿是鹿的大臣，有暗地里被杀了的，也有借个罪名被治死了的。这样一来，宫内宫外大小官员没人再敢反对赵高，连秦二世都怕他了。

等到各路诸侯继续往西攻破了武关，赵高唯恐秦二世办他的罪，就告了病假，不再去朝见他。秦二世问手下的人："外面强人作乱，到底怎么样了？"他们流着眼泪，说："楚军已经进了武关，眼看就要打到这儿来了。"秦二世吓得直打哆嗦，慌忙派人叫赵高发兵去抵御。

赵高就跟他的两个亲信秘密商议。那两个人，一个是咸阳令阎乐，是赵高的女婿；另一个是郎中令赵成，是赵高的兄弟。他们鬼鬼祟祟合计了半天，就发动起来。阎乐和赵成带领着一千多名士兵偷偷地到了秦二世居住的望夷宫，对宫门外的卫士们说："宫里有贼，我们来抓贼。"卫士们一见这两人横眉竖眼的样子，哪儿还敢多话。这两人一直跑到秦二世面前，拿着兵器，数落他的罪状，逼他自杀。秦二世吓得脸都白了。他问："丞相在哪儿？我要见他。"阎乐说："我们就是奉了丞相的命令来惩办你这个昏君的。"秦二世哆哆嗦嗦地说："丞相叫我退位，我就退位。请你们转告丞相让我做个一郡的王吧。"阎乐说："不行！""那让我做个万户侯吧。""也不行！"秦二世哭着说："那么，请放我一条生路，让我和我的家小去做平头百姓吧。"阎乐和赵成瞪着眼睛，说："你就闭嘴吧。"秦二世一见四面都是要他命的人，只好铁了心，自杀了。他做了三年皇帝，死的时候才二十三岁。

阎乐和赵成赶紧回去报告了赵高。赵高跑到咸阳宫里把皇帝的大印拿在手里，身子就像躺在云端里那么舒

秦朝最后一位皇帝——子婴

子婴，即秦三世。秦朝的最后一位统治者，在位仅仅46天。秦二世三年九月，赵高逼杀秦二世，立子婴为秦王。五天后，子婴诛杀赵高。十月，刘邦入关，在位仅46天的子婴投降刘邦，秦朝灭亡。一个月后，项羽率军进入咸阳，子婴被杀。子婴即位时秦朝内外交困，在这样的背景下，虽然子婴迅速展现了自己的政治才干和魄力，意图重振秦廷，但大势已去，秦朝灭亡只是时间问题。

坦，他本来想自己做王，可是一来还没跟楚军联系上，二来又怕大臣们不服，他只好叫别人先顶一顶，作为一个过渡。

赵高召集了朝廷上的大臣和下一辈的公子们，对他们说："二世暴虐，人人怨恨。他已经自杀了，我们必须另立新君。子婴素来仁厚，又是秦二世的亲侄儿，可以继承他的位子。你们看怎么样？"大臣们上过"指鹿为马"那一课，都说："丞相错不了。"赵高就请子婴斋戒五天，准备在庙堂上举行即位的仪式。

到了即位那一天，赵高和别的大臣都在庙堂上等着，子婴却没来。赵高派人去请他，他说："不舒服，今天不能来。"赵高可火儿了，心里想："这小子这么不识抬举！你不来，难道我自己就不能做王吗？"可是大人物得沉得住气，他对大臣们说："已经定了日子，病了也得即位。"他就亲自去催他。赵高进了子婴斋戒的屋子，冷清清的，只见子婴趴在案头上打盹。赵高说："今天公子即位，怎么还不……"他话还没说完，冷不防从背后蹦出三个人来，没头没脑地向赵高乱砍乱刺，当时就切下了他的脑袋。

子婴杀了赵高，大快人心。大臣们知道赵高死了，都来迎接子婴。有的说："赵高应当碎尸万段。"有的说:"赵家应当灭门。"子婴都同意了,他把阎乐、赵成和赵高的一家都处以死刑。子婴做了秦王,发兵五万去守崤关(崤 yáo)。

指鹿为马

《史记·秦始皇本纪》有载:"赵高欲为乱,恐群臣不听,乃先设验,持鹿献于二世,曰:'马也。'二世笑曰:'丞相误邪?谓鹿为马。'问左右,左右或默,或言马以阿顺赵高。或言鹿者,高因阴中诸言鹿者以法,后群臣皆畏高。"

赵高想杀二世,自己篡位。为了试探大臣们的态度,故意把鹿说成了马。那些不肯顺从赵高的大臣,都被杀死了。

后来,这个成语用来比喻公然颠倒是非黑白。

约法三章
yuē fǎ sān zhāng

楚怀王跟诸侯们有约在前：谁先进关谁做王。刘邦趁着项羽去救巨鹿的时候，从南路往西北继续进军。他急于往西去，沿途遇到打不下来的城，他也不愿意去跟守城的秦兵死拼，他宁可绕个弯往前走。

刘邦到了颍川（颍 yǐng），那一带正好是张良打游击的地区，刘邦请示过韩王成，带着张良一起去进攻南阳。南阳郡守打了败仗，投降了，刘邦封他为殷侯。郡守投降了还可以封侯，周围几个郡县听说了，都纷纷投降了。刘邦的军队有了粮食，沿路又不抢掠，秦人都挺喜欢，刘邦的兵马就越来越多。

公元前 207 年 8 月，刘邦进了武关。就在这个时候，赵高杀了秦二世，派人来求和，说只要让他做关中王，他愿意把秦国献给刘邦。刘邦怕他使诈,没立刻答应。谁知没几天工夫,秦王子婴就把赵高杀了,还派了五万兵马去守峣关。这五万秦兵要对付项羽的四十万大军当然是螳臂当车,可是对付刘邦的几万人马却可以拼个上下高低。

刘邦就用了张良的计策,派小兵在峣关左右的山头上插了无数的旗子,作为疑兵,随后打发谋士郦食其(lì yì jī)带着一份挺贵重的礼物去见守关的秦将,吓唬他,说:"沛公有几十万精兵,要攻破峣关不费吹灰之力。可是沛公素来钦佩将军,特地派我奉上礼物,请将军为天下除害,一同去攻打咸阳,万一将军不答应,也请收下礼物,沛公愿意先礼后兵。"秦将满口答应,

疑兵之计

疑兵之计是指为了虚张声势、迷惑敌人而布置的军阵。布置疑兵是为了争取更大的胜利。用兵双方注重诡道,一方的诱敌成功,必以另一方的判断失误为前提。古今杰出军事家,都是能在深入了解敌情的基础上领略其兵法的奇妙之处,做到诱敌深入,使敌人做出错误的判断的。

说:"情愿订立盟约,替楚军带道去进攻咸阳。"一切都说妥了,秦将就请郦食其喝酒。

郦食其喝够了酒,回来报告。刘邦很是高兴,就要再派郦食其到关里去订盟约,张良这会儿也怕秦兵靠不住,就出来拦住他,说:"秦将受了礼物愿意归附将军,可是五万秦兵不一定都能心服。现在他们准备订盟约,一定不做打仗的准备。不如趁着这个机会突然打过去,准能打赢。"刘邦就吩咐大将周勃带领兵马绕过峣关,从东南侧面打进去。秦将安心地等待订盟约,就让士兵们都休息了。猛一下子从后面进来了这许多楚兵,秦兵慌得走投无路。秦将还不知道发生了什么事情,亲自出了军营去制止骚乱,没想到正碰上周勃。周勃迎头一刀,就把秦将的脑袋瓜劈成两半。秦兵没有主将,胡乱地抵抗一阵,死的死,逃的逃,那些没死可也逃不了的就都投降了。

刘邦的军队进了峣关,一路跑去,到了灞上,迎面

来了一支好像送殡的仪仗队。秦王子婴带着大臣前来投降，车马好像戴孝似的都用白颜色。子婴脖子上还套着绳子，表示准备自缢，他手里拿着皇帝的大印、兵符和节杖，弯着腰，候在路旁。樊哙对刘邦说："砍了他算了！"刘邦说："当初怀王派我来，就因为他相信我能宽容人。再说，人家已经投降了，杀了他，也不吉祥。"他就收了大印、兵符和节杖，把仅仅做了四十六天秦王的子婴交给将士看管起来。

刘邦的军队进了咸阳。将士们乱哄哄地争着去找库房，各人都拣值钱的东西拿。秦国的财宝都是他们的了，谁不浑水摸鱼才傻呢。萧何可不稀罕这些东西，他首先走进丞相府，把那些有关天下户口、地形、法令等的图书和档案都收起来。他认为这些文件比金银财宝更有用。

刘邦也趁着这个机会进了阿房宫，金碧辉煌的宫殿、五光十色的帷子、稀奇古怪的摆设让他看得头昏眼花。忽然，前面又来了一群雪白粉嫩的美人儿，娇滴滴地跪着迎接她们的新主人。他只觉得神魂颠倒，好像一个跟头栽在云彩里，又是舒坦又是受不了。他想：在这儿

住上几天也不算白活了。他进了秦二世的卧室,往龙床上一躺,捋着胡子,闭着眼睛,美滋滋地养起了神。

突然,进来了一位将军,是刘邦的连襟樊哙。他粗声粗气地说:"怎么啦,您是要打天下呢还是要做大财主呢?秦国为啥灭亡?还不是因为这些奢侈的东西吗?您要打天下,就不该留恋这些亡国的东西。咱们还是回到灞上去吧。"刘邦慢吞吞地坐起来,说:"什么话!你先回去。我就在这儿歇歇乏儿。"

恰巧张良也进来了。樊哙把他劝告刘邦的话向张良说了一遍。张良对刘邦说:"正因为秦朝暴虐、奢侈,秦二世荒淫无道,将军您才能够到了这儿。将军想为天下除害,就得朴素、节俭。现在您刚进咸阳就想到享乐,这不是换汤不换药吗?俗语说'良药苦口利于病,忠言逆耳利于行',希望将军能听从樊将军的话。"刘邦听了,只好硬着头皮把这服"挺苦的药"喝下去。他马上出来,吩咐将士们封了库房,关了宫门,然后带领兵马回到灞上驻扎下来。

刘邦召集了各县的父老豪杰,对他们说:"你们吃秦朝的苦头已经够了。怀王跟诸侯有约在前:谁先进关谁做王。我来了,应当管理关中。今天我跟诸位父老约法三章:杀人的偿命;打伤人和偷盗的,看犯罪的轻重

办罪。除了这三条以外,其他秦国的法律、禁令一概废除。官员和老百姓们只需安心做事,不必害怕。"大伙儿听了高兴得不得了,都说:"这下可好了!"

刘邦又叫各县的父老和秦国原来的官员到各县、各乡去宣布这三条法令。秦人谢天谢地地感激刘邦,大伙儿争先恐后地拿着牛肉、羊肉、酒和粮食来慰劳士兵。刘邦好言好语地劝他们把这些东西拿回去。他说:"粮仓里的粮食多得是,千万不要让老百姓费心。"秦人更加高兴了,他们现在什么都不怕,只怕刘邦不做关中王。刘邦也什么都不怕,只怕做不成关中王。

约法三章

《史记·高祖本纪》:"与父老约,法三章耳;杀人者死,伤人及盗抵罪。"

成语的意思是约定三条法律。刘邦进入秦的都城咸阳后,废掉了严苛的秦律,针对杀人、伤人和盗窃制定了三条法律,百姓都挺高兴。

后来,这个成语比喻大家共同遵守的规矩、条例。

项庄舞剑 意在沛公

刘邦进了咸阳,一心想做关中王,正担心着项羽来了怎么办,有的人就瞧出他的心事来了。有一个姓解(xiè)的谋士向刘邦献计,让他一面派兵守住函谷关(函 hán),别让其他诸侯的军队进来;一面招收关中的壮丁,扩大自己的军队以抵御诸侯。这话说到了刘邦的心坎儿上,他就派兵去守函谷关,阻止项羽的军队进关。

项羽听说了,气得连眼珠子都要蹦出来了。谋士范增说:"刘邦不让我们进关,明摆着他自己要做王。他也不想想:是谁杀了秦将王离?是谁收了主将章邯?是谁消灭了秦军的主力?又是谁给他将士,帮他打下丰乡,让他起了家?刘邦没有将军,绝进不了关;将军

没有刘邦,一样可以进关。我们射倒的一只鹿,他扛了去算他的,天下哪有这个理儿?"当阳君英布也说:"咱们沿路消灭了那么多秦兵,才到了这儿。他不但不出来迎接咱们,怎么反倒不让咱们进去呢?原来约定同心协力为天下除害,现在他一进了关,就把咱们当作敌人!难道咱们流血就为了他吗?"

项羽就派英布带兵去攻打函谷关。不消多大工夫,他们就打进了关。项羽的大军继续前进,一直到了新丰鸿门。人马也乏了。项羽就把大军驻扎下来,召集将士们商议怎样惩罚刘邦。

范增说:"刘邦原本是个无赖,又贪财,又好色。这会儿他进了关,反倒不贪图财物和美女,他的野心不小哇。今天不消灭他,将来一定后患无穷。"

正在这时,来了一个使者,说是刘邦手下的左司马曹无伤派来报告机密的。那个使者传达曹无伤的话,说:"沛公要在关中做王,那个秦王子婴,不但没办罪,听说还要拜他为相国。皇宫里的一切珍宝,他都占为私有。沛公借着将军的威力才进了关,按理应当等候将军的命令再决定大事,他

反倒忘恩负义跟将军作对。我虽然在沛公部下,到底是楚国的臣下,因此,特意派人前来奉告。"项羽听了,瞪着眼睛骂道:"可恨刘邦,目中无人。天下人恨透了秦王,他反倒要拜他为相国,还跟我作对。哼!明天一早,我就领兵打过去,看他能逃到哪儿去。"

这时的项羽,兵马四十万,号称一百万,扎在鸿门,刘邦兵马十万,号称二十万,扎在灞上。两地相距不过四十里,项羽一发动,说话就到。哪儿知道项羽营里还有一个吃里爬外的家伙连夜把这个消息泄露出去了。

那个泄露消息的人是项羽的另一个叔父,名叫项伯。项伯曾经杀过人,逃到下邳,投奔了张良。张良

把他收留下来,跟他做了朋友。这会儿张良正在刘邦营里,项伯怕他受牵连,连夜骑着快马跑到刘邦营里,私底下见了张良,说了一个大概,就要拉他一块儿走。张良说:"韩王派我送沛公进关,现在人家有了急难,我独自逃走,太没有情义了。要走也得去打声招呼。请您等一等,我马上就出来。"

张良进去把项伯的话都告诉了刘邦,刘邦听了,吓得连话都说不利落了。他着急地问:"这这这可怎么办哪?"张良问:"将军真要对抗项羽吗?"刘邦皱着眉头,说:"解先生叫我派兵守关,不让其他人进来。"张良问他:"将军自己合计合计,能不能对抗项羽?"刘邦不吭气,过了好久才说:"本来就不行啊,现在可怎么办哪?"张良替他想了个计策,告诉他怎么去结交项伯,请他从旁帮忙。

张良出来,见项伯还坐在那儿,就拉他去见刘邦。项伯只好跟着他进去。刘邦很恭敬地请他坐在上位,还摆上酒席,一次次地给他敬酒。刘邦挺小心地说:"我进关以后,什么都不敢拿,什么都不敢做主,只把秦国的官员和老百姓安抚了一下,封了府库,一心一意地等候着鲁公(就是项羽)。为了防备盗贼和突发情况,这才派些将士去守关。我日日夜夜盼着鲁公到来,哪儿敢背叛鲁公啊！请您在鲁公面前替我分辩几句，我对鲁公始终忠诚，决不辜负他的恩德。"张良又从旁恳请项伯帮忙，项伯就答应了下来。

刘邦还是不放心，他要求和项伯结为亲家，把他女儿许给项伯的儿子。项伯也答应了。张良就替他们斟酒道喜。项伯说："我回去就替亲家说去，可是明天一早您得自己快去向鲁公赔不是。"刘邦说："当然，当然！我一定去！"

项伯回到鸿门，已经三更天了，项羽却还没睡。他见项伯进来，就问："叔父去哪儿了？"项伯说："我有个朋友叫张良，他曾经救过我的命，现在他在刘邦营里。我怕明天打仗，张良性命不保，特意叫他来投降。"项羽也知道张良，就问："他来了吗？"项伯摇摇头，说："他不敢来。他说，刘邦并没得罪将军，将军反倒去打他，未免有失人心。"他就把刘邦的话复述了一遍，还说："要是刘邦不先攻破关中，我们怎么能那么容易进来呢？人家有了功劳，还要去打他，这是不合情理的。他说他明天要亲自来跟您赔不是。依我看，人家既然愿意听从指挥，不如好好儿待他。"项羽点点头，没说话。

第二天，天刚蒙蒙亮，刘邦就带着张良、樊哙、夏侯婴等几个心腹和一百来人到鸿门来了。到了营门前，刘邦一看项羽的军营威武森严，心里就有几分害怕，在营门口磨磨蹭蹭不敢进。这时，有个将军传令，说："不准多带随从，只准带文官或武将一名。"刘邦只好带上张良硬着头皮进去了。

刘邦见了项羽，不敢像过去那样向他行平辈礼。他趴在地上，行着大礼，说："刘邦拜见将军，静候盼咐。"项羽杀气腾腾地问他："你有三项大罪，知不知道？"刘邦说："我只不过是个沛县亭长，听了别人的话兴兵伐秦，才有幸投在将军的旗下，听从将军的指挥，我丝毫不敢冒犯将军。不知道什么地方得罪了将军。"项羽说："天下痛恨秦王，你自作主张把他放了，还要重用他，这是第一项大罪；就凭你一句话，随便改变法令，收买人心，这是第二项大罪；对抗诸侯，不准他们进关，这是第三项大罪。你犯了这三项大罪，怎么还敢说不知道？"

刘邦回答说："请将军允许我表明心迹，再办我的罪。第一，秦王子婴前来投降，我不敢做主，只好暂时收管起来，等候将军发落；第二，秦国法令苛刻，老百姓活在水深火热中,天天盼着有人来救他们,我急于约法三章,目的是为了宣扬将军的恩德,好叫秦人知道,进关的先锋都能这么爱护百姓,他们的主将就更不用说了;第三,我怕盗贼未平,秦军的残余可能作乱,不能不派人守关,绝不敢对抗将军哪!"项羽听了,眼珠子转了转,脸色缓和多了。

刘邦接着说:"将军在河北作战,我在河南作战,虽说军队分作两路,可同心协力却是一样的。托将军洪福,我进了关,能在这儿见到将军,高兴还来不及呢!哪儿知道有人从中挑拨,叫将军生气,这实在是太不幸了。还请将军体谅我的苦衷,多多包涵。"项羽连想都没想,就挺直爽地说:"就是你们的左司马曹无伤说的,要不然,我怎么会发火呢?"说着,他扶起刘邦,请他坐下,还留他喝酒。

他们就挨位次坐下:项羽和项伯是主人,坐了主位,范增作陪;刘邦做了客位,张良作陪。五个人喝着、吃着、聊着,帐外吹吹打打奏着军乐。项羽和项伯殷勤地劝酒,刘邦却提心吊胆地不敢多喝。范增和张良各有各的心事,再说都是陪客,不便多说话。范增早就劝过项羽及早杀了刘邦,免得以后吃他的亏,这会儿他见项羽对刘邦这么宽容,急得跟什么似的。他拿起身上佩戴的一块玉玦（jué，玉玦是腰带上拴着的一块玉，表示决心的饰物，所以叫"玉玦"），给项羽递了一个眼神，叫他下决心，杀了刘邦。项羽明白了。可是人家到这儿来赔罪，怎么能害他呢？他瞧了瞧范增，不理他，只管喝酒。

过了一会儿，范增又拿起玉玦来向项羽递暗号。项羽向范增有意无意地点了点头，还是不听他的。项羽心想："人家既然能来，我就这么谋害他，还像个大丈夫吗？再说既然已经和好了，就该合作下去，要是连一个刘邦都容不下，怎么能容得了天下呢？"他反倒又向刘邦劝酒。

范增着了急，第三次拿起玉玦来，连连向项羽递眼色，项羽当作没瞧见。范增心里嘀咕着："今天不杀了刘邦，后悔可就来不及了。"他实在忍不住，就找个借口出去了。他叫项羽的叔伯兄弟项庄过来，对他说："鲁公太厚道，他不愿意自己动手。你快进去劝酒，给他们祝寿，完了就给他们舞剑，趁机杀了刘邦。要不然，咱们将来都得做他的俘虏。"项庄就进去给他们斟酒，说："军营里的音乐没啥意思，请允许我舞剑，给诸公下酒。"说着就拔出宝剑舞起来。舞着，舞着，慢慢儿地舞到刘邦面前去了。项羽不说话，刘邦脸都变白了，张良直拿

眼睛看项伯。项伯起身对项羽说:"一个人舞,不如两个人对舞。"项羽说:"叔父有兴致,请吧。"项伯就拔剑舞起来,可他老用身子挡住刘邦。张良一瞧不对劲儿,他也像范增那样向项羽告了个便儿出去了,留下项羽和刘邦两个人喝酒。项羽看着项庄和项伯舞剑,刘邦可直擦鼻子上的汗珠儿,浑身有气无力,像只垫桌腿的蛤蟆。

张良到了军门外,樊哙就上来问:"怎么样了?"张良说:"十分紧急。项庄舞剑,老靠近沛公。"樊哙跳起来,说:"要死死在一块儿,我去!"他右手提着宝剑,左手抱着盾牌,直往军门冲去。卫兵们横着长戟(jǐ),不让他进去。樊哙拿盾牌一顶,就撞倒了两个卫兵。他们还没爬起来,樊哙已经进了中军帐内,用剑挑起帘子,冲到项羽面前。他拿着宝剑、挂着盾牌,气呼呼地一站,头发向上直竖着,两只眼睛睁得连眼角都快裂开来了。

项庄、项伯猛然见这么一个壮士进来,不由得都收了剑,呆呆地瞧着。项羽按着剑,问:"你是什么人?到这儿干吗?"张良已经跟了进来,就抢前一步,替他回答,说:"他是给沛公驾车的樊哙,前来讨赏。"项羽说:"好一个壮士。"接着回过头去,说:"赏他

樊 哙

西汉开国大将军，左丞相。原以宰狗为生，后成为吕雉妹夫，深得刘邦信任。他随刘邦平定臧荼、卢绾、陈豨、韩信等，为刘邦麾下最勇猛的战将。刘邦建立了汉朝，后期吕后势力越发庞大。刘邦死前忌惮吕后，樊哙身为吕雉的妹夫也被刘邦怀疑。刘邦派陈平去除掉樊哙，还没动手，刘邦就晏驾了。樊哙得以死里逃生，官复原职，又受到重用。

一斗好酒，一只肘子。"底下的人就给他一斗酒，一只生肘子。樊哙站着，一口气喝完了酒，蹲下来把盾牌覆在地上，把生猪肉搁在盾面上，用剑切成几块，就这么把生肘子吃下去了。

项羽说："壮士还能喝吗？"樊哙说："我死都不怕，还怕喝酒吗？"项羽觉得这个大老粗说话虽然鲁莽，可是挺好玩儿的，就说："你干吗要死呢？"樊哙说："秦王好像豺狼虎豹一样，只知道杀人、压迫人，才逼得天下都起来反抗。怀王跟将士们约定：谁先进关，谁就做王。现在沛公先进了关，他可并没称王。他封了府库，关了宫室，把军队退到灞上，天天等着大王来。他派士兵去守关也是为了防备盗贼和不测的情况。沛公这么劳苦功高,大王不但没封他什么爵位,没给他什么赏赐,反倒听了小人的挑拨,要杀害有功劳的人,这跟秦王有什么两样呢?我不懂大王是什么心意。"项羽不回答他,只说:"请坐。"樊哙就一屁股坐在张良旁边。项伯也归了座,项庄站在旁边伺候着项羽。项羽还是叫大伙儿喝酒。他喝多了,闭着眼睛想着樊哙的话,横靠着几桌好像打盹似的。

过了一会儿,刘邦起来要去上厕所,张良向项伯低声地告个便儿,就带着樊哙跟了出来。刘邦想要溜回灞上,嘱咐张良留下代他向项羽告辞,张良问他:"您带了什么礼物没有?"刘邦说:"我带来一对白璧,想献给鲁公;一对玉斗,想献给亚父(就是范增),因为他们生气了,就没敢拿出来,请先生代我献给他们。"

说完,刘邦就只带着樊哙、夏侯婴他们几个人从小道溜回灞上去了。他一回到营里,就把曹无伤斩了。项羽见刘邦好久没回来,就派谋士陈平去请他。张良跟着陈平进去,向项羽赔不是,说:"沛公醉了,怕失礼,叫我奉上白璧一双,献给将军;玉斗一双,献给亚父。"项羽问:"沛公呢?"张良说:"他怕将军的部下对他为难,先走了,这会儿大概已经到了灞上了。我们几个留下听候处置。"项羽也不介意，就说："你们都好好儿地回去吧。"

大伙儿就都出去了。范增进来，见项羽把玉璧搁在几上，一声不言语地瞅着。范增是又恨他又心疼他。这时，项羽指着玉斗对他说："这是刘邦送给亚父的。"范增上去，拿起玉斗扔在地上，拔出剑来，把它砍碎了。他叹着气，说："唉！真是个小孩子，没法儿替他出主意。"他又对项羽说："夺将军天下的一定是刘邦。我们等着做俘虏吧！"

项庄舞剑，意在沛公

《史记·项羽本纪》："今者项庄拔剑舞，其意常在沛公也。"

在鸿门宴上，项庄在范增的示意下，拔剑献舞，但事实上是为了借机杀掉刘邦。

后来，这个成语用来比喻说话或行动另有所指，别有所图。

沐猴而冠
mù hóu ér guàn

项羽率领着诸侯进了咸阳，他首先杀掉了那位只做了四十六天秦王的子婴，又下令处死了不少秦国的公子、亲族和不法的文武官员。随后他带着八千子弟兵进了秦宫。

秦宫里值钱的东西早就被刘邦的将士们拿走了。项羽和子弟兵们见了这座在鞭子底下被奴役的几十万农民建成的阿房宫，心中越发痛恨起来，便放了一把火，烧了。这座埋藏着秦朝罪恶和天下冤屈的阿房宫就这么被烧成了一片瓦砾场（砾lì）。

火烧阿房宫仅仅发泄了楚军历年来积压着的仇恨，可是谁也得不到实际的好处。各路诸侯和将士跟着项羽进了关，灭了秦国，他们希望项羽赏给他们的是爵位和土地。项羽就跟范增商量，准备重新划分天下，按功劳的大小分封诸侯。可他要这么做，首先得请示楚怀王，因为至少在名义上，楚怀王还是他们的头儿呢。

公元前206年1月，项羽打发使者去向楚怀王孙心请示：先立项羽自己为王，再发号施令分封别的将士。这也就是面子上尊重楚怀王罢了，实际上一个十五岁的小孩子懂得什么呢，只要他说一声"一切由诸侯上将军主持"就是了，难道还有第二个人比得上项羽吗？可是没想到，十五岁的楚怀王还真回答得挺干脆，他只说了三个字："照前约。"也就是说，"谁先进关，谁做王"。

项羽听到了这样一个回答，火了。他说："怀王自己还是我项家立的，他又没有征伐的功劳，怎么能自作主张？"范增、英布他们也都不服气。项羽用了一个计，他要绕个弯儿来抓实权。他尊怀王为"义帝"，请他搬到长沙去。名义上，"帝"比"王"高一等，实际上是请他做个"太上皇"，什么都用不着他操心。他把楚怀王尊为义帝以后，就跟范增商议分封诸侯的大事。分封诸侯太不容易了。项羽和范增煞费苦心，把秦始皇已经统一了的天下重新分得七零八碎，封了十八个诸侯，都称为王。

这十八个王分别是：汉王刘邦、雍王章邯、塞王司马欣、翟王董翳（yì）、衡山王吴芮（ruì）、临江王共敖、九江王英布、常山王张耳、代王歇、齐王田都、济北王田安、胶东王田市（fú）、燕王臧荼（zāng tú）、辽东王韩广、西魏王豹、殷王司马卬（áng）、韩王成、河南王申阳。

项羽自己立为西楚霸王，统治梁地和楚地九个郡。春秋时代不是有"霸主"吗？霸主是诸侯的首领，在他上头可还有个挂名的天王。项羽自称为霸王，就是十八个王的首领的意思，在他上头也有一个挂名的"天王"，就是义帝。

这些原来的贵族和新起来的将军对于推翻秦朝的血腥统治都是有功劳的。不封他们，谁也不会甘心；封了他们，就把秦始皇已经统一了的国家又变成了春秋战国时代诸侯割据的局面了。这时候，虽然霸王权力最大，军队都在他手里，可是他不敢做兼并六国、一统中原的秦始皇，他只要像齐桓公或者楚庄王那样做个霸主。他认为把天下分为十九国，各国诸侯治理自己的国家，有重大的事情可以请示霸王，那要比秦朝独断独行的统治强得多。

霸王见咸阳的宫室都烧毁了，士兵们又都想念着东边的老家。而且，他自己明白，秦人对他没有好感，留在这儿也没啥好处，于是决定回到彭城，把那儿定为西楚的都城。谋士韩生劝霸王留下，说："关中高山险要，河流围绕，东有函谷关，南有武关，西有乌关，北有黄河，土地又肥沃，作为都城是再适合也没有了。"霸王说："富贵不归故乡，就好像穿着绣花的绸缎走夜路，谁知道你呀！"韩生出了霸王的营帐，大发牢骚，说："楚人只不过是戴着帽子装成人的猴子罢了！"这话传到项羽耳朵里，他一怒之下杀了韩生。最后，到底还是拿彭城作了都城。

项羽封完十八个王以后，他们都带着自己的军队回到各自的封地去了。这样天下不就太平了吗？哪里知道还有一些人不服气。

第一个不服气的是汉王刘邦，他被分到了偏僻的巴蜀；第二个是齐将田荣；第三个是成安君陈馀。汉王先进了关，做不成关中王，已经不乐意了，还把他送到巴蜀去，他当然不肯罢休。田荣在项梁的时候就不听命令，到项羽又不肯跟着楚军一同进关，于是霸王分封诸侯就没有他的份儿。他气得双脚乱跳，很快就轰走了齐王田都，杀了胶东王田市。这时候昌邑人彭越在巨野也有了一万人马，田荣就拜他为将军，叫他去攻打济北王田安。彭越打了胜仗，杀了田安，田荣自己做了齐王。

另一边，成安君陈馀跟张耳闹翻了以后，躲起来钓鱼、打猎，不肯跟着诸侯一同进关，原本受封没有他的份儿。霸王因为他有点儿名望，再说曾经写过一封信劝降章邯，也算有功，就把南皮邻近的三个县封给他。陈馀可冒了火儿，他说："我的功劳跟张耳一样，凭啥张耳做了常山王，我就只得三个县，这也太欺负人了。"陈馀听说田荣背叛西楚，就向他借了兵马去攻打常山王张耳。他打败了张耳，占领了赵地，从代郡迎接了代王歇，仍旧请他为赵王。代王歇做了赵王，就立陈馀为代王。

霸王分封的十八个王，被田荣这么一闹，就死了两个，逃了两个，连赵、代都背叛了。霸王饶不了田荣，可是他最不放心的还不是田荣，而是汉王刘邦，霸王在分封诸侯的时候本来只把巴、蜀封给他，让他住在西南的角落里。后来刘邦送了不少礼物给项伯，请他在项羽面前说情，项羽才又把汉中封给了他。项羽已经提防他要回到东边来，所以又叫雍王章邯、塞王司马欣、翟王董翳守住关中，挡住刘邦那一头，不让他出来。

汉王的将士大多是丰乡、沛县一带的山东人（古时候崤山函谷关以东叫山东，不是现在的山东），他们谁都不愿意到巴、蜀和汉中去。汉王比谁都生气，他说：

"巴、蜀是秦国放逐囚犯的地方,到了那种地方,还能回到家乡去吗?"他决定去进攻霸王。萧何拦住他,说:"大丈夫能屈能伸,请大王接受封地,爱护百姓,招收豪杰。您把巴、蜀和汉中治理好了,就能收复三秦,然后再去攻打霸王也不迟。"张良也劝他不要跟霸王闹翻。汉王就反过来劝将士们好好儿动身往都城南郑去。

汉王动身的时候,张良就要跟他分手了。张良是韩王成的臣下,因为刘邦向韩王成恳求,韩王成才派张良送刘邦进关。韩王成没跟着项羽进关,因此,他并没有什么功劳。等项羽到了鸿门,号令诸侯,韩王成才赶来

蜀 道

蜀道,是古代通往蜀地的道路。蜀道穿越秦岭和大巴山,山高谷深,道路崎岖,难以通行,诗仙李白曾作《蜀道难》一诗,描写蜀道之艰难。

刘邦在鸿门宴之后入蜀走的便是蜀道中的子午道。刘邦听取了张良的建议,在入蜀之后便放火烧掉了子午道,用来向项羽表示再无争霸之心。后来子午道在西汉末年重新修复。唐朝时期,由于荔枝的运送,官府不断进行修治,子午道得以兴盛。

见他。项羽看他小心顺服，仍旧让他做着韩王，只是嘱咐他必须召回张良。韩王成自然答应了。这会儿张良去跟汉王辞行，汉王拉着他的手不放，连眼眶都湿了。张良也有点儿恋恋不舍，就说："我送大王到汉中吧。"他就请韩王成允许他送汉王到边界上，韩王成不好拒绝，便嘱咐他一到汉中地界马上回来。

张良送汉王到了褒中，分别的时候对他说："从这儿往前去都是栈道，请大王走一段烧毁一段。"汉王说："那不是断绝了我的归路吗？"张良说："要是不烧毁栈道，恐怕大王还没回来，人家早就进去了。烧毁栈道不但使别的诸侯不能进去侵犯大王，还可以叫霸王放心。"汉王这才恍然大悟，他送给张良一百斤黄金、两斗珍珠。两个人就这么分别了。

张良对霸王说："汉王烧毁栈道，不愿意再回来了。田荣背叛大王，理应去征伐。"霸王就放松了汉王这一头，回到彭城，准备发兵去征伐田荣。

汉王到了南郑，拜萧何为丞相，养精蓄锐，准备再跟霸王比个高低。可是士兵们不愿意在这种山地里生活，他们说："我们生是山东人，死是山东鬼。树高千丈，叶落归根，要走，谁也拦不住。"于是差不多天天有人逃走，急得汉王连饭都吃不下。他正在憋得慌的时候，有人来报告，说："丞相萧何逃走了！"这可把汉王急坏了。他想："我待他不错，怎么连他也逃了呢？"

沐猴而冠

《史记·项羽本纪》有载："人言楚人沐猴而冠者，果然。"

沐猴，猴子；冠，戴帽子。意思是猴子戴帽子装成人。这句话是韩生在讽刺项羽。

现在，这个成语用来讽刺窃取权位的人空有位高权重者的外表，得意忘形。

胯下之辱

汉王一听说丞相萧何逃走了，又是着急，又是生气，立刻派人去追。到了第三天早晨，萧何回来了。汉王又是高兴，又是恨，气呼呼地问他："你怎么也逃了？"萧何说："我是去追逃走的人。"汉王就问："你追谁呀？"

萧何追的是淮阴人韩信。韩信小时候也读过书，拜过师，文的武的都有一套。后来他父母双亡，穷困潦倒。他只知道读书练武，却没有什么挣钱的本领，于是只好到城下淮水去钓鱼。钓到了鱼，卖几个钱；钓不到鱼，就饿肚子。有个老太太总在那边洗纱，她瞧见韩信饿得有气无力，怪可怜的，就把自己带来的饭分一些给他。韩信吃完，非常感激。他对老太太说："您老人家这么照顾我,我将来一定要好好报答您。"想不到老太太反倒生了气,说:"男子汉大丈夫不能自食其力,太没出息了。我瞧公子可怜才多少给你点吃的,谁要你报答!"韩信只好说了声"是",红着脸难为情地走开了。

韩信虽穷,却也像武士、侠客那样身上总挎着一把宝剑。淮阴城里的一帮少年见他老实,老取笑他。他们对他说:"韩信,你文不像文、武不像武、富不像富、穷不像穷,像个什么呀?你还是把那把宝剑摘下来吧。"其中有一个屠夫的儿子,特别刻薄。他说:"你老带着剑,好像有两下子,可我知道你是个胆小鬼。你敢跟我拼一拼吗?要是敢,就拿起剑来刺我;要是不敢,就从我的裤裆底下钻过去!"说着,他叉开两条腿,在大街上来了个骑马蹲。韩信把他上下端详了一会儿,就趴下去,从他的裤裆底下爬过去了。大伙儿一阵哄笑,韩信也只好附和着苦笑了一下。从那时起,人家就送了他一个外号,叫"钻裤裆的"。

等到项梁渡过淮河,路过淮阴的时候,韩信带着宝剑去投军,在楚营里当了个小兵。项梁死后,韩信又跟着项羽。项羽见他比一般的小兵强,就叫他做了个执戟郎中。韩信好几次向项羽献计,都没被采用。一个小兵怎么能参与大将的计划呢?鸿门宴上,韩信拿着

长戟站岗的时候，看到沛公刘邦低声下气地对着鲁公项羽，真有点儿像当初他自己钻裤裆的滋味，他便对沛公就有了几分同情，而且认为他将来准成大事。后来沛公做了汉王，被项羽逼到了汉中。韩信认为投奔一个失势的主人准能得到重用，他就下了决心去投奔汉王。

韩信带着宝剑和干粮，拣小道一直往西走。头两天，他白天躲着，晚上赶路。后来就黑天白日地赶。他知道栈道已经烧毁了，可别的道儿他又不知道，他就认准了一个方向，翻山越岭往前走。他在树林子里遇到一位砍柴的老大爷，就问他往南郑去的路。那老大爷挠着头皮，说："以前有是有一条道儿，是走陈仓的，可那不是路，不好走，还有猛虎，已经多年没有人走了。我还是三十多年前做买卖的时候走过几次，那时候栈道还没修呢！"韩信请他详细说一说，他就说了一大串地名。韩信一一记住，还背了一遍。他拜谢了老大爷，向陈仓那条路走去。

"天下无难事，只怕有心人"，韩信终于从陈仓到了南郑，进了汉营。可是天大的希望破灭了，他只捞到了一个芝麻绿豆官，人家仅仅给了他一个挺平常的职务。

后来韩信见到了萧何，跟他谈了谈，萧何认为韩信

汉初三杰

"汉初三杰"指的是西汉建立时期的张良、萧何和韩信这三位开国功臣。

汉高祖刘邦登基后，在庆功宴上曾说："我之所以能有今天，得力于三个人——运筹帷幄之中，决胜千里之外，我比不上张良；镇守国家，安抚百姓，不断供给军粮，我比不上萧何；率百万之众，战必胜，攻必取，我比不上韩信。三位皆人杰，他们能为我所用，这是我能得天下的原因。"

的能耐可不小。萧何又专门跟他谈了几次，从天下形势谈到刘、项两家将来的命运，以及怎样能够打回山东去，等等。萧何这才知道他是数一数二的人才，他在汉王跟前尽力推荐他，还把他的出身说了一遍。汉王听了，也不觉得怎样，并没因此重用韩信。

过了几天，汉王老是愁眉苦脸，闷闷不乐。他对萧何说："难道咱们一辈子待在这儿吗？什么时候才能够打回去呢？"萧何说："只要有了大将，率领三军，就能够打回去。"汉王说："哪儿找这样的大将？"萧何说："有哇！只要大王肯重用，大将已经找到了。"

汉王急切地问:"谁呀?在哪儿?"萧何说:"淮阴人韩信,就在这儿。"汉王皱着眉头,说:"哎,钻裤裆的还能做将军吗?"萧何又说了一大堆话,可汉王连听都不爱听。

第二天,萧何又去见汉王,对他说:"大将有了!请大王决定吧。"汉王眉开眼笑地说:"那太好了。谁呀?"萧何挺坚决地说:"淮阴人韩信!"汉王立马收起了笑容,说:"要是拜他为大将,不但三军不服,诸侯取笑,就是项羽听到了,也准得笑话我。请丞相别再提了。"

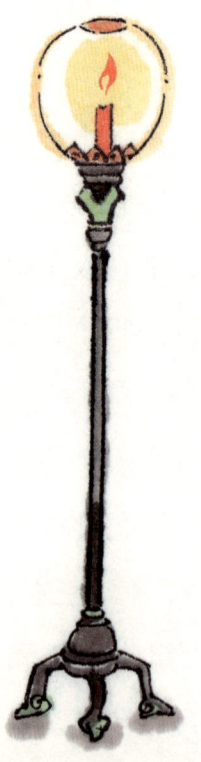

萧何一连几天碰了钉子,只好不再去说了。可是萧何不去,汉王又来找他,对他说:"我们的家都在山东,士兵们不太安心,天天有人逃走,怎么办?"萧何说:"总得先拜大将啊。"汉王说:"又是韩信,是不是?实话对你说,不行!拜大将可不是闹着玩儿的。你想想,拜了他,跟着我出生入死的将士们能服气吗?周勃、灌婴、樊哙他们能不说我赏罚不明吗?"萧何说:"自古以来英明的君王选拔人才，主要是看他的才能，不会计较他的出身。我知道韩信的才能，可以拜他为大将，我才三番五次地劝大王重用他。"汉王不好意思叫萧何下不来台，就说："叫韩信安心点儿，有机会我一定提拔他。"萧何只好出来，把汉王将来一定重用他的话告诉了韩信。

胯下之辱

《史记·淮阴侯列传》："淮阴屠中少年有侮信者，曰：'若虽长大，好带刀剑，中情怯耳。'众辱之曰：'信能死，刺我，不能死，出我胯下。'于是信孰视之，俛出胯下，蒲伏。一市人皆笑信，以为怯。"

这个成语的意思是从胯下钻过去的耻辱。后来，其用来形容无法忘记的极大耻辱。

国士无双 (guó shì wú shuāng)

韩信知道汉王不想重用他,越来越苦闷,他准备了些干粮,第二天一早便骑马出了东门。他手下的人慌忙到丞相府报告说:"韩都尉出了东门,不知道去了哪儿。"萧何跺着脚说:"哎呀!真给他走了!那还了得?"他来不及去报告汉王,就立刻带了几个随从,骑上快马,追到东门,问守门官:"你有没有看见一位将军,从这里过去?""有,有,是韩都尉。这会儿大概已经走出五六十里了吧。"萧何快马加鞭,急急地追出去。到了中午,他路过一个村子,又问老乡们。他们说:"早已过去了有三四十里吧。"萧何两条腿往马肚子上使劲儿一夹,又追了上去。

他就这么一路问、一路追,直到天黑,月亮都出来了，还没追上韩信。他想，人累马乏，明天再追吧。可他又一想，要是到了明天，不就更追不上了吗？他见此时月光明朗，道儿上好像洒满了水银似的；凉风吹来，汗也收了，人反倒精神起来了。他就趁着月色又赶了一阵。等转过山腰，前面出现了一条雪亮的河。他远远地瞧见有个人正牵着马在河边上来回踱步，仔细一看，那不是韩信是谁呀？萧何使劲儿地加上两鞭，大声嚷着："韩将军！韩将军！"他跑到河边，下了马，气呼呼地说："韩将军，你也太绝情了！"韩信呆呆地望着他，不说话。萧何说："咱们一见如故，算得上朋友。你怎么不说一声，就这么走了？追得我好苦哇！跟我回去！要走一块儿走。"

韩信向他行个礼，抹着眼泪，可就是不说话。萧何又对他说了一大通劝他回去的话。韩信叹了一口气，说："我这辈子忘不了丞相的情义，可是汉王……"他又停住不说了。这时候，滕公夏侯婴也赶到了。两个人死乞白赖地非要把韩信拉回去不可。他们说："要是大王再不听我们的劝告，那我们仨一块儿走，好不好？"韩信挺感激地说："既然丞相这么瞧得起我，我就回去吧，就是死在你们手里也是甘心的。"

三个人回到了南郑，萧何把韩信留在丞相府，急急忙忙去见汉王。汉王问他:"你追谁呀?"萧何说:"淮阴人韩信!"汉王气呼呼地问:"逃走的将军有十几个,也没听说你追过谁,怎么会去追那个钻过裤裆的

韩信呢?"萧何说:"将军有的是,容易找。可像韩信那样独一无二的人才,哪儿找去?大王要是准备一辈子躲在汉中,那就用不着韩信;要是准备打天下,那就非用他不可。大王到底准备怎么样?"

汉王说:"我当然要打回去。"萧何说:"那就请大王赶快重用韩信。不用他,他还是要走的。"汉王一向信任萧何,他见萧何这么坚决地推荐韩信,就不得不考虑了。他说:"那就依着丞相,请他做将军吧。"萧何说:"请他做将军,还是留不住他。"汉王说:"拜他为大将怎么样?"萧何说:"大王英明,这是国家的福气。"

汉王就要召韩信进来,拜他为大将。萧何皱着眉头,说:"大王素来不注重礼仪。拜大将是大事,不能像小孩闹着玩儿。既然大王决定拜他为大将,就该郑重其事地择个好日子,斋戒沐浴,在广场上修个台,举行隆重的拜将仪式。"汉王说:"好,都依着你去办吧。"

汉营里的几个主将一听到汉王择日子要拜大将,

一个个都眉开眼笑,谁都认为自己能力强、功劳大,"不拜我为大将拜谁呢?"等到韩信上了拜将台,全军都愣了。

汉王拜韩信为大将后,问他:"丞相屡次推荐将军,将军准有妙计,请将军指教。"韩信说:"不敢当!"接着他问:"大王是不是要跟霸王争天下?"汉王说:"是啊。"韩信又说:"大王您估计一下,跟霸王比,有没有他厉害?"汉王不作声。过了一会儿,说:"比不上他。"

韩信向汉王拜了拜,说:"我也觉得比不上。可就从大王知道自己比不上霸王这一点来说,我就应该祝贺大王。我曾经在他手下做事,知道他的能耐,也知道他的毛病。霸王吆喝一声,上千的人都会吓倒,多么神勇啊！可是他不能接受别人的意见，不能重用有本领的将军，他的勇不过是匹夫之勇罢了。霸王待人恭敬又有爱心，瞧见别人有病，他会好心眼儿掉眼泪；可是人家立了大功，应当封爵位的，他不封，即使封了，他还拿着封爵位的印，左摸右摸，把印的四个角都摸光了，还舍不得交给人家。他的好心眼儿不过是婆婆妈妈的好心眼儿罢了。霸王的力量是挺强，可是他犯了四个大错，是很容易变弱的。"

汉王连忙问："哪四个大错？"韩信接着说："霸王分封诸侯，本该守在关中，可他偏拿彭城做都城，这是错其一；他违背了义帝先进关为王的前约，只按照自己的喜好来分封诸侯，这么不公平的做法，大家心中不服，这是错其二；他把义帝轰到长沙去，别的诸侯见样学样，也把他们的主人轰走，自己抢夺地盘，这是错其三；霸王到过的地方，处处遭到屠杀和破坏，这是错其四。霸王虽然做了首领，却已经失了人心。所以我说，他的强很容易会变成弱的。"

汉王听了，连连点头。韩信接着说："只要大王不犯他犯的错，信任天下有本领的人，拿天下的城邑封给功臣，谁能不心服？士兵们都想回到东边去，大王率领他们，名正言顺地去征伐背约的人，敌人怎么能不逃散？再说霸王坑杀了秦国投降的士兵二十多万，只有章邯、司马欣、董翳三个人没死。秦人恨这三个人恨到骨髓里去了。他还封他们为王，秦人能向着他们吗？可大王您，进了武关，一点儿也不伤害老百姓；到了咸阳，又废除了秦国残酷的法令，跟秦人约法三章，秦人哪一个不盼着大王留在关中？现在大王发兵往东边打过去，相信三秦只要发个通告出去，轻轻松松就可以拿下来的。"

汉王越听越高兴，他打心眼儿里佩服韩信，只恨没

韩信之死

韩信被刘邦拜为大将之后，依靠自己的军事才能，为刘邦统一天下、建立汉朝立下了汗马功劳。可是刘邦做了皇帝，却对韩信越来越不放心。首先，他解除了韩信的兵权；不久，又将韩信逮捕；韩信被赦免后，从"楚王"降级成为"淮阴侯"。韩信闲居长安，郁郁不得志，便图谋造反。韩信意欲造反的消息被人向刘邦的妻子吕后告发，吕后想除掉韩信，就同萧何商议。最后，由萧何设计把韩信骗到宫中，韩信被杀害于长乐宫。

早些拜他为大将。他下令军中一切听从韩信的调度，军中的将士们见汉王如此信任韩信，也不得不服从他的指挥。韩信于是开始操练兵马，准备跟霸王开战了。

国士无双

《史记·淮阴侯列传》有载："诸将易得耳，至如信者，国士无双。"

萧何月下追回韩信后，刘邦问他："那么多将领逃跑，你为什么就追韩信呢？"萧何说："将领容易有，像韩信这么有能耐的，国内可独一无二。"

后来，当人们要形容谁是国内数一数二的人才时，就可以用"国士无双"这个成语了。

暗度陈仓
àn dù chén cāng

　　韩信当了大将，加紧编排队伍，操练兵马，没花多少时日，就训练成了一支整齐的军队。他跟汉王刘邦、丞相萧何商议后，把东征的计划只告诉了夏侯婴、曹参、樊哙等几个人，嘱咐他们保守机密，分头去干。汉王刘邦和韩信率领着大军静悄悄地离开了南郑；丞相萧何留下来收税征粮以接济军饷；樊哙、周勃奉命率领一万人马去修栈道，限三个月完工。

　　樊哙和周勃的栈道不修好，大军就过不去。可是被毁的栈道加起来得有将近二百公里，且高低不平，地势挺险。有的地方弯弯曲曲，要盘旋几层；有的地方上悬峭壁、下临深渊，没法站脚，无从下手；有的地方必须架桥；有的地方还得开山。一万人马才修了十几天，就摔死了几十人,摔伤的更多,却只修了短短的一段。三个月的限期太紧,口粮又少,士兵们个个抱怨,就连樊哙也抱怨说:"这么大的工程,就算十万壮丁修上一年,也没法完工。"士兵们听到监工也这么说,干活儿就更没有劲儿了。

过了几天,上头又派来三五个工头,还带来了一千名民夫。他们传达汉王的命令,说樊哙、周勃口出怨言,给予撤职处分,把他们调了回去。新的工头确实比樊哙他们强,天天督促士兵运木料、送粮草、拉民夫、惩办逃亡的士兵,吵吵嚷嚷,闹得鸡飞狗跳。栈道还没修多少,汉王要兴兵东征的消息就传到了关中。

雍王章邯得到了消息,他一面派探子去打听栈道的进展,一面调兵遣将预先做了御敌的准备。他听了探子们的报告,才知道汉军的大将原来是钻裤裆的韩信,汉王的将士们都不服气,修栈道的士兵和民夫天天有逃走的,别说三个月,就是一年两年也修不到这边来。

栈道不修通,就算汉军长了翅膀也飞不到关中来。现在看来,虽然汉王早就嚷着要"东征",却只是雷声大、雨点小,把行军大事当作儿戏。话虽如此,可章邯是个有经验的将军,没事也当有事看。他又派了一些兵马仔细巡查,守住栈道的关口,以防万一,他还天天派人

打听汉军的动静。

这天，突然来了一个急报，说："汉王大军已经过了栈道，夺去了陈仓，向这边打过来了。"章邯有点半信半疑，栈道还没修好，汉军就是长了翅膀也飞不过来啊。他哪里知道当初韩信投奔汉王，压根儿就没走栈道，是越过陈仓走小道到南郑的。这会儿韩信用了一个计策，叫作"明修栈道，暗度陈仓"。章邯只知道派兵守住栈道那一头，可人家却走了另外一条道，偷偷地越过了陈仓。眼下，汉王刘邦的大军已经到了跟前。

章邯亲自带领军队赶到陈仓那边去抵御汉军，可是他哪儿挡得住归心似箭的汉军？章邯打了败仗，死伤了不少人马，急忙忙地逃回废丘向司马欣和董翳讨救兵。

张良和韩信珠联璧合

刘邦被霸王分封到荒凉的巴蜀，刘邦本想立马起兵反击，经张良规劝后入蜀并烧毁了全部入蜀的栈道，张良此计为刘邦的巩固发展和日后东进，取得了重要的保证。后来刘邦采用韩信的计谋，避开章邯的正面防御，暗地里越过陈仓一举平定三秦，与项羽一同逐鹿中原，称霸天下。

谁知这两位害怕汉军打过来，自顾不暇，哪里还敢发兵去救别人。另一边，韩信可早就侦察好了废丘的地形，定下了攻城的计划：他一边派樊哙率人去进攻咸阳，一边准备好了在废丘引水灌城。等到废丘失守、章邯自杀，那边樊哙也已经进了咸阳。

三秦的首领章邯一死，咸阳被汉军占领，司马欣和董翳更加孤立了。秦人恨他们恨到了骨髓里，对"约法三章"的刘邦却念念不忘，所以三秦各县一见汉军到来，没抵抗便主动投降了。董翳和司马欣打了几回败仗，也只好投降。

不到三个月工夫，三秦就变成了汉王刘邦的地盘，他安抚了当地的老百姓，又下了一道命令，把以前秦国的林园一律开放，让农民耕种。这可把霸王气得头顶冒烟。这边齐王田荣等人发生叛变，那边汉王刘邦又夺去了三秦，霸王两边都想去征讨，却又分身乏术，总不能同时两头都去进攻吧。正在左右为难的时候，他收到了张良给他的一封信，劝他去征伐田荣。

张良不是在韩国吗？怎么会替汉王说话呢？原来霸王把那位因为被降了级而天天发牢骚的韩王成给杀了，另立了一个毫无韩国王室血统的人为王。在霸王看来，杀一个韩王成没什么大不了的，偏偏韩相国的后代张良把他当作命根子。他在博浪沙向秦始皇行刺,并没有别的企图,就是因为秦始皇灭了韩国,他单纯地要为韩王报仇。这会儿霸王又杀了韩王成,他哭得死去活来,发誓要替他报仇。

张良逃到汉王刘邦那里,写了封信给霸王,大意说:"汉王不守本分,固然不好,可是他只是想要收复三秦,在关中做王,依照怀王的前约就心满意足了。可另一头田荣必定会联合赵王他们来打西楚,到了那时候,天下将无法收拾了。"

霸王和范增明知道这是张良替刘邦出的缓兵之计。可是如果平定了齐、梁、赵,单单关中一个地区,回头再去收拾也不难;要是现在先去对付刘邦,那么,往后齐、梁、赵、代、燕就更没法收拾了。倒不如将计就计,卖个人情,先发兵去征伐田荣吧!

霸王叫九江王英布发兵,一同去征伐齐王田荣。英布心里想着自己称霸,就推托说因病不能到远处去。霸王心里有点儿怪他，就另外给他一道密令，让他去暗杀义帝。义帝呢，霸王曾几次催促他搬到长沙去，他却慢吞吞地在路上磨蹭着。英布吩咐一班心腹士兵，扮作强盗，追上义帝的船，在江面上把他杀了。

公元前205年开春，霸王亲自带领大军打到齐国。就这样，汉王钻了空子，他趁着霸王与齐国相持不下的时候，打着为义帝报仇的旗号一路打过去，夺下了西楚的都城彭城。霸王一听说彭城被刘邦夺了去，连忙扔下了齐国这头，急急忙忙赶回来在睢水（睢 suī）跟汉军打了一仗。

汉军大败，死伤惨重，就连刘邦的父亲太公和夫人吕氏都做了俘虏，被关进了楚营。汉王自己也被楚兵像打猎似的紧紧围了三层。汉王叹了一口气，说："看来今天，我要死在这里了。"正在十分危急的时候，忽然西北方起了一阵大风，往东南刮过去，霎时飞沙走石，尘土飞扬。四周的人睁不开眼，站不住脚。楚兵慌里慌张，乱纷纷地四散奔走。汉王趁着这个机会，使尽平生力气，两条腿往马肚子上一夹，顺着风向，冲东南方直奔了二十来里，终于逃了出去。

暗度陈仓

这个成语故事在《史记·高祖本纪》中有记载。

陈仓，是一个古县名，从刘邦所在的关陇通向汉中必须经过这个地方。度，是"越过"的意思。明着修复栈道，暗地里越过陈仓打向关中。

"暗度陈仓"常常与"明修栈道"连用，意思是正面迷惑敌人，从侧翼突然进攻。后来，也可以形容暗中进行秘密活动。

挑拨离间（tiǎo bō lí jiàn）

汉王刘邦收集了剩余的兵马，守住荥阳（荥 xíng），萧何又从关中派了许多兵马过去援助，汉王又重新振作起来了。可他心里还是有块大石头压得喘不上来气：派出去的韩信已经打下了魏国，还要去进攻赵、燕、齐等地，不知道什么时候才能回来，万一霸王再来进攻荥阳，该怎么办？

怕什么来什么。另一头，霸王发兵十万，扬言要扫平荥阳。亚父范增献计说："要是能把敖仓到荥阳的粮道截断，刘邦就失去了粮食供应，荥阳就容易打下来了。"霸王听了范增的话，立刻命大将钟离昧带领一万精兵去截断汉兵的粮道。钟离昧马到成功，汉兵的运粮队全都做了俘虏，霸王就带着大军一直向荥阳打过去。

汉王刘邦得到消息，急得寝食难安。眼看着霸王的前锋已经到了荥阳城下，他却一筹莫展，想不出任何办法来。正在这时，谋士陈平进来了。他劝汉王不必过于烦恼，说只要舍得多花一些黄金，事情就好办了。

陈平安慰汉王，说："霸王手下不过范亚父、钟离眜他们几个还算人才。霸王为人猜忌，容易听信谣言。只要大王肯交给我足量的黄金，我就有办法去收拾他们。"汉王说："黄金有什么稀罕的，你就拿四万斤去吧。"他知道陈平喜欢黄金，就又加了一句："你爱怎么使，听你的。"

陈平领了四万斤黄金，立即拿出一些来交给几个心腹，叫他们打扮成楚兵的模样，混到楚营里去。不到几天工夫，楚营里就三三两两议论起来了。有人说："亚父

谋臣陈平

陈平一生充满传奇色彩，他最初曾在项羽手下做过谋士，但是不被重视，后来他投奔了刘邦，被刘邦重用。陈平足智多谋，用奇计辅佐刘邦夺得天下，汉初被封为曲逆侯。刘邦称帝后，清除权臣，陈平以黄老之术藏而不露，保全了自己，最终高寿善终。

范增和钟离眜有这么大的功劳，却啥好处也没得着。"有人说："要是他们在汉营的话恐怕早已封了王了。"这些暗地里议论的话传到了霸王的耳朵里，霸王不免起了疑，就不再跟钟离眜商量军机大事了。可是对于范增，他仍然是信任的，他采纳了范增的建议，加紧攻打荥阳。

霸王亲自督促将士们把荥阳城团团围住，他下令四面攻打，一定要把这座城夺下来。一连攻了好几天，汉兵就是不出来。他们只在城上射箭扔石头，楚兵一时没法打进去。霸王心中十分着急，又听说汉将彭越老是在楚军运粮的路上劫夺粮草，更加烦闷。霸王不想再这么拖拖拉拉地耽搁下去，就吩咐将士们加紧攻城。这样一来，汉王刘邦果然害怕了，他就打发说客随何到楚营里去求和。

随何跪在霸王面前，说："汉王和大王原本结为兄弟，共同伐秦。后来大王把他封在巴蜀，因为将士们水土不服，都想回到东边来，并不是有意跟大王作对。汉王得到了关中已经心满意足了，他愿意跟大王订立盟约：把荥阳以东的地方都划归给大王，荥阳以西算是汉界，汉王愿意收回韩信的兵马，各守自己的封地。这样，不但大家都能够安享富贵，就是老百姓也能够过上太平日子，请大王答应了吧。"

霸王也想暂时休整一下再做打算。他就把这个想法告诉了范增。范增反对，他说："刘邦是因为荥阳被围，所以才来求和的，是个缓兵之计，并不是他真的要讲和。请大王不要上当，失了时机。"霸王一时拿不定主意，就先打发随何回去，对他说："请先生回去，讲和的事让我们再商议一下。"随何说："这种大事，还得请大王自己决定，旁人的话难免有私心，再说韩信就快回来了，他一回来，大王就不便退兵了。日子一多，别的不说，大王的粮草供应就是个麻烦。"霸王一方面也想讲和，一方面还想趁着这个机会派人到汉营里去侦察情况，就对随何说："你先回去，随后我派使者过去。"

随何辞别了霸王，回去向汉王报告，汉王就跟陈平他们商量怎么样去招待霸王的使者。过了两天，霸王的使者果然来了。汉王就叫陈平好好地招待他。陈平领着使者到了宾馆，请他先休息一下。使者一见宾馆布置得非常阔气，招待的人又都那么殷勤、周到，心里已经有几分高兴了。

不一会儿，桌上摆上了上等酒筵，由陈平他们来陪使者吃饭，这个使者更加得意。陈平请他坐在上座，问他："近来范亚父贵体如何？有没有他的亲笔信？"使者说："我是奉霸王的命令来议和的，何必要范亚父的信呢？"陈平听了，有些莫名其妙，说："怎么？你不是范亚父派来的？"使者说："我是霸王派来的。"陈平点点头，说："哦，哦，原来如此。对不起，对不起。"说完这句，他就出去了。

不一会儿，有人进来把已经上来的上等酒席都端了回去。酒席撤下去后，再也没有人进来。使者只好饿着肚子等。等了大半天，才见一两个人拿着一些蔬菜、羹汤进来，请他用饭，竟连最普通的鱼肉都没有。使者越看越火儿，他自己受点儿气倒算不了什么，他们简直太不把霸王放在眼里了。他跟看门的人说了一声，走了。

使者回去向霸王把经过一五一十地说了一遍。霸王怀疑范增私通汉王，当即就责问范增。范增听了，一头雾水。霸王一向尊敬他，今天这么对待他，分明已经不信任他了。他叹口气，大声地说："天下大事已定，愿大王好自为之。大王体恤我年老体衰，让我告老还乡吧！"霸王想起他跟随了自己这么多年，还算不错，

就答应了，还派了人护送他。

范增一路走，一路想，哭也哭不出来，只是叹气。本来他想帮助霸王建立霸业，他始终认为：刘邦是个假仁假义、刁钻刻薄的小人；霸王可是个又能干又豪爽的英雄，将门之子，确实有君王的气魄。因此，范增屡次要霸王消灭刘邦，不料霸王反倒怀疑他有私心，多么寒心哪！他憋了一肚子闷气，一路上吃不下饭、睡不着觉，甚至喘不上气来。况且他那副七十多岁的身子板，哪受得了这么大的委屈？于是就在路上害起病来，起初他觉得胸口疼得难受，后来觉得脊梁疼，疼得好像有条毒蛇咬似的，原来是长了个毒疮。范增知道这毒疮是郁闷积成的，没法儿治。再说就算治了脊梁上的疮，也治不了心里的伤。他就对手底下的人说："我一心一意帮助大王，希望他能成大事，想不到敌人用挑拨离间的毒计，拆散了我们君臣二人。我受了委屈是小事，只是以后苦了大王了。"

范增还没到彭城，就被毒疮折磨死了。护送的人回去向霸王报告，还把范增临死的话学了一遍。霸王听着直发愣，可后悔已经来不及了。他只好派人把范增的棺木运到范增的老家居巢，并以厚礼安葬。

挑拨离间

这个成语的意思是搬弄是非，用语言或行动破坏别人的关系。在这个故事里，陈平利用了项羽多疑的性格，先后破坏了项羽对钟离眜和范增的信任。从此以后，项羽身边没有极有谋略的人才，奠定了他失败的结局。

分一杯羹

范增一死,就更没有人替霸王出主意了。那时的刘邦驻扎在广武,霸王就亲自到广武去对付他。广武是座山,中间有条河,把广武山分成东西两边。汉营在西边,楚营在东边,彼此对立着。汉王只守不战,由敖仓运粮,源源不绝,要守多久,就能守多久。霸王这头没法儿把广武打下来,另一头彭越还不断地带兵截断楚军的粮道。这样一来,霸王着急了。他对钟离昧他们说:"看情况,刘邦正在调动人马,打算跟咱们大战一场。可是咱们粮草不够,不能老在这儿待着。你们有什么计策没有?"

钟离昧说:"刘邦的父亲和夫人在咱们手上,依我看,明天大王出战,把太公放在宰猪的案子上,让刘邦瞧瞧。他若投降，免太公一死；不投降，就把太公宰了，煮成肉羹。刘邦再铁石心肠，也总会顾念父子之情的。"霸王说："杀太公容易，但是我怕被天下人耻笑。"钟离昧劝他说："要想叫刘邦退兵，恐怕只有这一个法子了。"霸王叹口气，说："好吧，那就试试看。"

　　第二天，霸王带着一队人马，把太公绑在马上，一直推搡到河边。汉王得到消息，急匆匆地把张良、陈平召来，求他们快想个办法。

　　张良说："大王不必惊慌。项伯是您的亲家，难道他不会想办法救太公吗？"陈平更进一步，告诉他眼前

钟离昧与韩信

　　钟离昧与韩信在年少时曾在一起谈论军事，成了很好的朋友。后来钟离昧投奔到项羽的名下，号称项羽手下的"第一悍将"，他多次在项羽与刘邦的交战中给刘邦以沉重的打击。

　　项羽败死、刘邦称帝后，刘邦曾派人追杀钟离昧，钟离昧投奔韩信被收留，韩信念及兄弟之情，并未交出钟离昧。为此，韩信遭到了刘邦的猜疑，后钟离昧因怕连累韩信而自杀身亡。

怎么回答霸王，霸王就一定不会杀害太公的。汉王仍旧放心不下，好像大难临头似的那么难受。

汉王正急得团团转，不知道怎么办才好，忽然有人进来报告，说："霸王请大王出去讲话。"汉王只好硬着头皮来到了河边。他一眼瞧见太公被摁在宰猪的案子上，顿时就觉得头昏眼花，耳朵里还嗡嗡地响着。他定了定神，听见楚兵大声嚷嚷着说："刘邦快投降，可免太公一死，如果不答应，就把太公宰了煮成肉羹！"汉王鼓起勇气，

按照陈平教他的法子，也大声地嚷着说："我跟霸王结为兄弟，我的老子就是你的老子。你要是把你的老子煮成肉羹，不要忘了分给我一杯尝尝味儿。"

霸王听了，冷笑着说："真是大逆不道。"他对周围的人说："杀了吧。"项伯连忙拦住他，说："打天下的人往往顾不得家。大王杀了人家的父亲，不但对咱们一点儿好处都没有，反倒给人家留下一个耻笑大王的话柄。咱们不如暂且收兵回营，再想别的办法吧。"霸王本来并不想杀太公，他觉得拿一个毫无抵抗能力的糟老头子来出气，是小人干的勾当，自己可不是那样的人。况且，刚才汉王在楚兵和汉兵面前不顾老爹的死活，已经够丢人现眼了。他就依了项伯，把太公押回去，仍然软禁在营里。

汉王闷闷不乐地回到内帐，一个人闭着眼睛坐着。张良和陈平也像做了缺德事儿似的耷拉着脑袋跟了进来。三个人谁也不敢看谁，谁也不开口，就那么憋着气坐在一起。末了，汉王叹了一口气，说："唉，够丢人啦！项羽要是真把太公害了，怎么办？"张良说："我们慢慢儿想个办法把太公救回来。"

汉王连忙问："先生有什么妙计？"张良说："那要看情况，现在还说不上。"汉王又叹了口气，眼睛盯着陈平,陈平低着头不言语。

第二天,汉王正在为难的时候,相国萧何从关中带着一队人马到了。他还带来了一个北方部族的大汉叫楼烦,是个大力士,又是个射箭的能手。汉王当时就重用楼烦,叫他做了将军,还叫王陵、周勃他们跟他在一起,准备去跟楚军对敌。汉王正在这儿整顿人马的时候,霸王已经派使者来了。使者传达霸王的话,说:"连年打仗,天下不安,无非是因为你我两个人相持不下。你敢不敢亲自出来跟我比个上下高低,免得天下百姓受累?"汉王回答使者说:"我愿意比文不比武,斗智不斗力。"

霸王听了使者的回话,气得跟什么似的,当时就派丁公、雍齿、桓楚、虞子期去挑战。汉王派楼烦、王陵、周勃他们出去在河边守着。楚将跟他们隔河对射,一点儿便宜也占不到,就都跑回去了。楼烦刚到了汉营,一心想着要显显本领,他就跑在前头,见人就射。楚营里另外几个将士出去想跟楼烦比个高低,谁知楼烦拿起弓来,连着射了四箭,就射倒了三个将士,吓得楚军拔腿就跑。霸王一见,火冒三丈。他亲自出去对付楼烦。楼烦刚想拉开弓射霸王,霸王瞪着眼睛,大喝一声,好像半空中打个霹雷,连山谷都震动了。楼烦吓得两手发抖,弓都拿不稳了。他连连倒退十几步,回头就跑,一口气逃回营里，吓得上下牙直打战。汉兵一见楼烦都跑了，也都跟着逃了回去。

汉王听说霸王亲自出来，就吩咐将士们拼命去抵抗。霸王嚷着说："叫刘邦出来！"汉王仗着有将士们保卫着，再说当中还隔着一条河呢，他的胆子就大了起来。他也想叫霸王在汉军和楚军面前丢一次人，就出来对霸王说："你要是个顶天立地的大丈夫，就等我把话说完再打。"霸王说："你有什么说的？说吧！"

汉王知道霸王的耿直劲儿，料到他不会动手的，就说："你有十大罪状，还敢跟我作对？你违背了怀王先进关者为王的命令，把我搁在汉中，这是第一项大罪；

你杀害了卿子冠军宋义，这是第二项大罪；你奉命去救赵，不回来报告，反倒强迫诸侯进关，这是第三项大罪；你烧毁秦国的宫殿，挖掘始皇的大坟，盗取财宝，四项大罪；秦王子婴已经投降了，你还把他杀了，五项大罪；坑杀秦国投降的士兵二十万人，六项大罪；你把好的土地封给自己的将军，把各国诸侯随意放逐摆布，七项大罪；你放逐义帝，自己建都彭城，霸占韩、梁的土地，八项大罪；你派人扮作强盗，在江南杀害义帝，九项大罪；还有，你待人不公，立约失信，大逆不道，天地不容，这是第十项大罪。"

霸王等汉王刘邦数落完他的"十大罪状"，忍无可忍，回头就打了个暗号，拿画戟向前一挥，楚将钟离眜带领的弓箭手一齐射箭。汉王刚要往回跑，胸口上已经中了一箭，差点儿从马背上摔下来。将士们慌忙把他扶到营里，立刻叫医官给他敷上药。一会儿，全营的将军们和文官都到他跟前来慰问。汉王忍着胸口的疼痛，故意用手摸着脚，说："贼兵射中了我的脚指头，好疼啊。"

汉王的胸口受了伤，他只好成天躺着。尽管他说射中的是脚指头，可是知道的将士们都挺担心，军营里更是议论纷纷，有的甚至说汉王怕活不成了。张良非常着急，他进了内帐，劝汉王咬牙硬挺，到军营里去转一转。

汉王叫医官用布帛给他扎住胸脯，挣扎着坐在车上，到军营各处巡视了一番。士兵们见了，这才安定下来。汉王"巡视"以后，马上偷偷地回去养伤了。

分一杯羹

《史记·项羽本纪》："吾翁即若翁，必欲烹而翁，则幸分我一杯羹。"

羹，是"肉汁"的意思。楚汉相争时期，项羽抓住了刘邦的父亲做人质。刘邦假装镇定地说："我父亲就是你父亲，你一定要煮了自己的父亲的话，就给我分一碗肉汁吧！"

后来，这个成语用来比喻从别人那里分享一些利益。

四面楚歌

汉王中了箭,霸王派人去探听,才知道汉王不但没被射死,居然还可以在军营里巡视。霸王想到这么久也没能把广武打下来,而且运粮的道儿又被汉王派去的彭越截断,粮草越来越少,这么拖下去总不是办法,顿时心里窝了火。霸王正在进退两难的时候,冷不丁得到了被他派去援助齐王田广的大将龙且阵亡的报告,他愣了半天,第一次害怕起来了。

另一头,张良对汉王说:"目前霸王正缺少粮食,他不得不回去。我们抓住这个机会去跟他讲和,要求他把太公和夫人放回来,我们就退兵,我想他是不会不答应的。"汉王就派使者侯公去见霸王。侯公见了霸王,奉上汉王求和的信。霸王一瞧,上面写得很有道理。

大意是说:"我刘邦跟你霸王打仗打了七十多次,双方都死伤了不少人马,弄得老百姓叫苦连天,难过日子。要是再打下去,我们怎么对得起天下的人呢?因此派侯公前来讲和,建议楚、汉两方拿荥阳东南的鸿沟作为界线,鸿沟以东属楚,鸿沟以西属汉,各守疆土,互不侵犯。这样,双方停止战争,保持兄弟的情义,不但你我可以共享富贵,就是老百姓也能过上太平日子。"

霸王仔细一想:跟刘邦打了几年仗,将士儿郎们已经疲劳得很,粮草又老不够。这么下去,哪年哪月才能完结?还不如依了刘邦,划定"楚河汉界",回到彭城去吧。钟离眜和季布竭力反对,可是霸王一意孤行,与汉王签订了合同文书,还把太公和吕后都放了回去。接着霸王带着自己的军队往彭城撤退。

过了几天,汉王这边也吩咐将士们整理行装,准备回咸阳。张良急忙来见汉王,说:"咱们对项羽说回去,那是个缓兵之计。现在太公、夫人既然回来了,大王就该会合诸侯,共同征伐项羽。要是真把天下分成楚河汉界,各守疆土,那么到底谁是君,谁是臣,叫天下诸侯归向哪一边呢?东周列国诸侯混战了几百年,就是因为天下不统一,得不到太平。现在大王已经有了大半的天下了。如果让项羽回去休养,将来他招兵买马，养精蓄锐，再打过来，大王西半边的天下还保得住吗？要消灭项羽，统一天下，是时候了。"

汉王当时就打发使者分别去约韩信、彭越发兵会齐，共同去进攻楚军。霸王气得直瞪眼睛，大骂刘邦无耻小人。即刻就命钟离眜、季布、桓楚、虞子期等大将发兵三十万，猛一下子向固陵打过去。汉王慌忙出去迎敌，汉军吃了败仗，扔掉固陵，一口气跑出去八十多里地，往彭城撤退。

汉兵不停地跑，楚兵不停地追。汉王对张良说："救兵怎么还不来，真急死人了！我总觉得韩信、季布和彭越有点儿不对劲，我屡次催他们，可他们就是按兵不动，这是什么意思啊？"张良说："虽然韩信封为齐王，英布封为淮南王，可没封给他们土地。彭越屡次立下大功，更是什么也没拿到。俗语说，重赏之下，必有勇夫。大王不给他们重赏，难怪他们不肯卖力气了。"

汉王说："先生的话一点儿没错。请先生转告他们：等打败了项羽，我就把临淄一带的郡邑全封给齐王韩信，一切租税钱粮等项供他支用；大梁的土地全归彭越；淮南的土地全给英布。"

果然，韩信、彭越、英布得到了分封土地的甜头，没有多久都发兵来会汉王。汉王不用说多么得意了。这一回他一定要把"楚河汉界"变成"汉河汉界"。

汉王等到韩信、季布和彭越的兵马先后都到齐了，就准备跟霸王决战了。他让韩信统领各路军马，又下令把三秦的粮食源源不断地供应大军，此时，相连几百里都是汉兵，真是兵多粮足、声势浩大。

汉王前来挑战的消息传到了霸王那里，他跟项伯、钟离昧、季布商量后，决定采用只守不战的办法应对。这时候的霸王有几十万兵马，本来可以跟汉兵抗衡，可是他不愿意出去。韩信施了一计，他故意叫士兵私下里传：

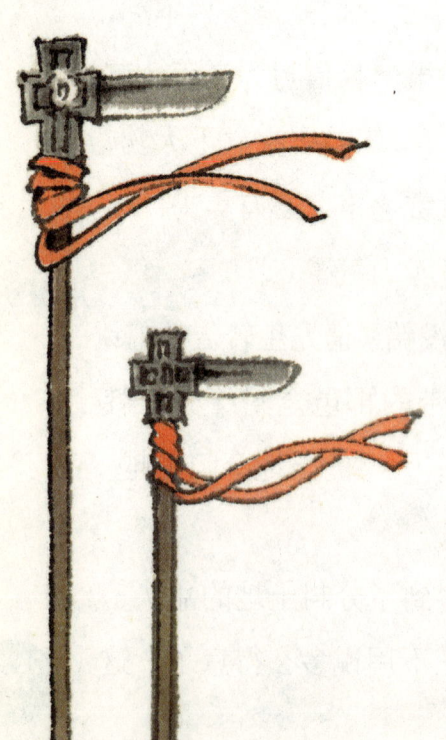

人心都背楚，天下已属刘；
韩信屯垓下，要斩霸王头。

霸王听了，骂着说："这饿不死的叫花子，想必活得不耐烦了。我这就到垓下去先斩了韩信再说。"

霸王好强，受不了人家的讥笑，火爆脾气，一点就着，当时就要发兵去打韩信。他不听季布他们的劝告，带领十万大军去了垓下。汉军几路人马一拥而上，把楚军团团围住。

霸王预料到只要在垓下守住一个月，汉兵粮草接不上，必然会退去。可是他没想到自己的粮道早已被汉兵截断，没法供应粮草了。过了几天，将士们进来报告，说："三军没有粮，战马没有草，士兵们暗地里抱怨着。不如同心协力，杀出去，总比待在这儿等死强。"

虞子期和季布说："八千子弟一向跟随大王，英勇非凡，汉兵见了他们没有一个不害怕的。大王不如带领他们冲杀出去。如果能够打开一路，我们各人带领本部人马保护娘娘，就可以紧接着跑出去了。"

钟离眛、桓楚他们情愿跟着霸王先去打一阵。霸王也认为只能这样了。他就带领一支人马向前冲过去。楚军虽然大批地死伤，可是霸王的一支画戟谁也抵挡不住。他见了韩信更不能放过他。韩信只能一边作战，一边后退，还真给霸王打败了。霸王追了好几里地，杀散了沿路的汉兵。可是打退一批，又来一批，杀出一层，还有一层。霸王的十万人马怎么敌得过韩信的三十万人马？一支画戟终究也对付不了韩信的十面埋伏，霸王只好转过身来，跑回垓下大营里去。他吩咐将士小心防守，准备瞅个机会再出战。

霸王进了营帐，他的妃子虞姬伺候他坐下。虞姬见他一脸愁云，就露出笑脸来安慰他，说："胜败乃兵家常事，大王不必烦恼。咱们还是喝几杯提提神吧。"霸王不愿意伤了虞姬的心，就说："你跟着我在军队里这么多年，没享过福……"虞姬打断他的话，说："大王，这话怎么说的？只要大王不离开我，我就感恩不尽了。"

虞姬劝了霸王几杯酒，伺候他睡了，自己守着营帐，心里挺不踏实。到了定更的时候，只听见一阵阵的西风吹得树枝子"沙啦沙啦"直响，好像有人在抽抽噎噎地哭似的。虞姬听了，一阵阵地直起鸡皮疙瘩。她正想躲到内帐里去，忽然听到风声里好像夹杂着唱歌的声音。深更半夜，哪儿来的歌声？她慢慢地走到外边，仔细一听，不是唱歌又是什么？声音是由汉营里传出来的，唱歌的人还真不少，唱的都是楚人的歌。这是怎么回事啊？

她连忙进了内帐，叫醒了霸王。霸王出来，细那么一听，四面八方全是楚歌。这一下子弄得他愣住了。他张着嘴，说不上话来。他拉着虞姬进了营帐，没着没落地对她说："完了！难道刘邦已经打下西楚了吗？怎么汉营里能有这么多的楚人呢？"

他只知道刘邦的士兵大多都是关中人，韩信的士兵

> **"五更"与"定更"**
>
> 古代有报更计时的方法,把夜间分为五更:相当于现代的晚上7点到9点为一更,9点到11点为二更,午夜11点到1点为三更,凌晨1点到3点为四更,凌晨3点到5点为五更。
>
> 其中,晚上7、8点钟的时候,打鼓报告一更开始,也称为"定更"。

大多都是齐、赵、燕那些地区的人,他压根儿没想到英布的九江兵是临近汉水的老乡,是会唱楚歌的。张良就利用他们,教会了汉兵。他料到楚兵军心一乱,必然会大批地逃亡。他嘱咐汉兵见到逃出来的楚兵,不准阻拦。

楚人的歌声传到了楚营,楚营里的将士儿郎们听了家乡的歌,都想起家来了。他们眼看着内无粮草、外无救兵,只能干坐着等死。这会儿,父母、妻子、家乡、邻里……全给这歌声勾起来了,谁还愿意待在这儿啊!刚开始,士兵们还只是三三两两地开了小差,后来干脆整批地溜走,就连跟着霸王多年的将军,像季布、钟离昧他们也暗地里走了。这还不算,霸王自己的叔父项伯,也偷偷地投奔张良去了。大将们一走,小兵一哄而散。留下的大将只有虞子期、桓楚他们几个人,士兵也只剩了不到一千的子弟兵。楚军就这么自己垮了。

虞子期和桓楚进来,说:"士兵们已经散了,四面全是楚歌,大王不如趁着天黑杀出去。"霸王叫他们在外边稍微等一会儿。

霸王一见大势已去,心里像刀扎似的难受。他什么也不计较,可是败在刘邦手里他是死也不服气的;他什么也不留恋,可是他要突围就没法保护虞姬,叫他怎么扔得下?他要突围出去,还得依靠那匹骑了多年的战马乌骓。他叫手下的人把乌骓带到帐内。霸王一面抚摩着那匹千里马,一面说:"你辛苦了这么多年,落得这么个下场。唉!"虞姬见霸王这么难受地对着马说话,就叫人把它拉开,可是那马瞅着霸王,就是不肯走。霸王再也忍不住了,他喊了一声,随口用悲伤的调子唱起来:

力气拔得起一座山,
豪气世上无人能比,(力拔山兮气盖世)
但时局对我不利啊,
乌骓马跑不起来了。(时不利兮骓不逝)

乌骓马不前进啊,

我该怎么办？（骓不逝兮可奈何）

虞姬呀虞姬，我又该把你怎么办？（虞兮虞兮奈若何）

虞姬没等听完，早已哭成泪人儿了。虞姬的哥哥虞子期进来说："天快亮了，咱们走吧。"霸王还是不愿意离开虞姬。虞姬催促他，说："大王快走吧！我就在这儿送大王了。啊，那边来的是谁？"

霸王一回头，说时迟，那时快，虞姬拔出宝剑来，往脖子上一抹。霸王赶快去救，已经来不及了。虞子期一见妹妹死了，也自杀了。霸王两手捂住脸，眼泪像泉水一样从眼眶里涌出来。桓楚听见帐里一片乱哄哄，进去一看，也止不住直掉眼泪。他刨了两个坑，把他们俩的尸首分别埋了。霸王跨上乌骓，带着八百多个子弟兵，好像受了伤的猛虎似的直扑汉营。谁也来不及阻挡，谁也阻挡不了。

四面楚歌

《史记·项羽本纪》:"夜闻汉军四面皆楚歌,项王乃大惊,曰:'汉皆已得楚乎?是何楚人之多也。'"

楚、汉决战的时候,楚军被围困在垓下。夜里从汉军营地里传来了楚国的歌声,项羽以为西楚已经被刘邦打下,都归了汉,十分绝望。刘邦在心理上击溃了项羽。

后来,这个成语用来形容孤立无援、四面受敌的处境。

江东父老
jiāng dōng fù lǎo

霸王决定带领八百子弟兵进行突围，渡过淮河再往东去。霸王挥着画戟，来回冲杀，把汉兵打得七零八落。韩信早已有了布置，立刻命英布、周勃、樊哙分头追赶。汉兵首先围住了桓楚。桓楚没法冲出去，又怕被汉兵逮住，就自杀了。

霸王杀出重围，乌骓使出了平生的劲儿，飞一样地跑，把汉兵都甩在了后面。赶到霸王渡过淮河，到了南岸，才瞧见有一百多个子弟兵也都快马加鞭地赶到了。他们抢着渡过淮河，跟着霸王又走了几里地，迷了道儿。霸王四下一瞧，全是河沟和小道，却不知道哪一条可以通到彭城。再一看后面，扬起了一阵尘土，汉兵远远地还追着呢。

项羽驯"乌骓"

据说"乌骓"当初被捉到时，野性难驯，许多人都不敢近身，即使骑上去也会被它摔下来。项羽听说了，也便想一试。他一骑上"乌骓"，就扬鞭奔跑，穿越丛林与大山，这马非但没把他摔下来，反倒精疲力竭了。这时，霸王忽然用手紧抱住一棵树的树干，想把马压制得动弹不得，谁知"乌骓"也不甘示弱，拼死挣扎，结果那树被连根从山土中拔了出来，"乌骓"总算被霸王的"拔山"之力驯服了，心甘情愿地供他驱使了一生。

霸王到了三岔口，瞧见一个庄稼人，就向他问路。那个庄稼人不愿意帮他，就说："往左边儿走。"霸王跟一百多个子弟兵就往左跑下去，越跑越不对头，跑得连路都没有了，前边只是一片水洼地。他们的马陷在泥里，连蹄子都拔不出来。霸王这才知道受了庄稼人的骗，走错了道儿。他赶紧拉转缰绳，再回到三岔口，可汉兵已经追到了。

霸王带着子弟兵又往东南跑，到了东城，他点了点人数，一共才二十八个。追上来的人马有好几千，好像蚂蚁抬螳螂似的，都围上来，霸王觉得这次可没法脱身了，就带领这二十八个人上了山冈，摆下阵势，对他们说："我从起兵到现在八年了，亲身作战七十多次，没打过一次败仗，就这么做了天下的霸主。今天在这儿被围，这是天意，不是我不会打仗。我已经不想活了，可是我要和诸君一起痛痛快快地打这最后一仗。就眼下这种形势，我还能够打三阵，赢三阵，突出重围，斩杀敌人的将军，砍倒敌人的旗子，让诸君知道这是天要我死，不是我的仗打得不好。"

霸王到现在还不知道他错在了哪儿，他始终认为只要他力气最大，最能打仗，最能杀人，天下的人就都理所当然听他的。到了现在，跟着他的只剩二十八个人了，他仍旧不肯认输，一定要再杀几个人让他们瞧瞧。

霸王把那二十八个士

兵分成四队,朝着汉兵摆下阵势。汉兵把他们围了好几层。霸王说:"我给诸君先杀他们一个大将,诸君分四路,跑下去,到东山下会齐后,再立刻把四队分成三队,分别把守住三个地方。"接着他就大喊一声,向一个汉将直冲过去。那个汉将仗着人多,还想活捉霸王,不知死活地跟霸王对打起来。霸王拿画戟猛力一刺,他就送了性命。

霸王到了东山下,那四队二十八个子弟兵全都到齐了。霸王立刻叫他们分成三队,分三处把守。汉兵赶到,不知道霸王在哪一处。他们也就分兵三路,分别围住三个地方。霸王来来往往接应着三个地方。哪一面汉兵多,他就往哪一面冲杀。敌人太多,一支画戟杀不了多少汉兵。他就一手拿着画戟,一手拿着宝剑,左刺右劈,双管齐下。没多大工夫,他就又杀了汉军的一个都尉和几百个士兵。汉军将士不敢逼近楚兵,远远地躲着。霸王又把三队楚兵会合在一起,一点人数,仅仅少了两个士兵。他笑着对他们说:"诸君看怎么样?"他们都趴在马鞍子上行着礼,说:"大王真是天神!大王说的一点儿不错。"

霸王杀退了汉兵,带着二十六个子弟兵一直往南跑去,到了乌江。恰巧乌江亭长荡着一只小船等在那儿。

他一见霸王到了,就催他马上渡河。他说:"江东虽然小,可也有一千多里土地,几十万人口,大王还可以在那边做王,再养精蓄锐和刘邦争天下。这儿只有我这只船,请大王赶快渡过河去。"

霸王原本想跑到会稽去,他还没想过到了会稽怎么办。这会儿乌江亭长一提起"江东"来,反倒戳疼了霸王的心。他这才决定不走了。他笑着对亭长说:"我到了这步田地,渡过江去还有什么意思?当初我跟江东子弟八千人渡过江来,往西去打天下。到今天他们全都完了,我哪儿能一个人回去?即使江东父老同情我,立我为王,我哪儿还有脸再见他们哪?"他摇摇头,接着又说:"这匹马,已经跟了我五年了,所向无敌,曾经一天跑过一千里地,我舍不得把它杀了。您是个忠厚的长者,我很感激您一片好意,这匹马就送给您吧。"

霸王下了马,叫亭长把马拉去。乌骓不愿意上船,直直地回过头来看着霸王。霸王掉了几滴眼泪,手一扬,吩咐亭长快拉它上船,渡过江去。亭长只好把乌骓拉到船上。船一离开岸,那匹马就跳着叫着,差点儿把那只小船闹翻了。亭长放下桨,正想去把它拉住,想不到它望着霸王使劲地一蹦,蹦到江里去了。

霸王眼看乌骓马被波浪卷了去,又禁不住掉下泪来。赶到他抬头往后一瞧,大队的汉军将士已经追到了。他和二十六个子弟兵都拿着短刀,徒步跟汉兵交战。他们又杀了好几百个汉兵,才一个个地倒下。末了,只剩了霸王一个人。他身上也受了几处伤。

有十几个汉将到了霸王跟前。霸王突然虎目圆睁地瞪着他们,他们反倒不敢过来。霸王拿眼睛一扫,瞧见其中有个将军,认出他是个同乡,霸王说:"你不是吕马童吗?老朋友也在这儿,正巧。"

吕马童不敢正面看霸王。他耷拉着脑袋,说:"是!大王有何吩咐?"他还对旁边的汉将王翳说:"这位就是霸王。"王翳也不敢动手。霸王对吕马童说:"听说汉王出过赏格,情愿出一千斤黄金、封一万户的城邑买我的头。我把这个人情送给你吧。"说完,他就自杀了,霸王死的时候才三十一岁。

霸王一死,西楚差不多都平了,只有鲁城,就是当初项羽受封为鲁公的城邑,不肯投降。汉王决定亲自带兵把鲁城踏平,把老百姓杀光。想不到大军到了城下,

却听见城里传出来弹丝弦和唱诗歌的声音。

张良对汉王说:"鲁是礼仪之邦,周公封在这儿,孔子生在这儿,是天下人都尊敬的地方。大王怎么能用暴力去强迫他们呢?不如好言劝他们顾全大局,再跟他们说明,只要他们归顺,就马上好好儿地安葬鲁公。我看那要比硬取强。"汉王依了张良的主意,鲁城这才投降了。汉王用安葬鲁公的礼节把霸王厚葬了,又亲自祭祀了霸王。

江东父老

《史记·项羽本纪》:"江东子弟八千人,渡江而西,今无一人还,纵江东父兄怜而王我,我何面目见之?"

江东,指长江以南的地区,这是项氏叔侄兴兵的地方。项羽少年时凭借自己的军事才能和人格魅力在江东集结了八千子弟兵,与他们并肩作战,结下了深厚情谊。项羽攻破秦廷后,分封过诸侯,仍然回到了江东。后来,人们用这个成语比喻自己家乡的父老乡亲。

时光之箭

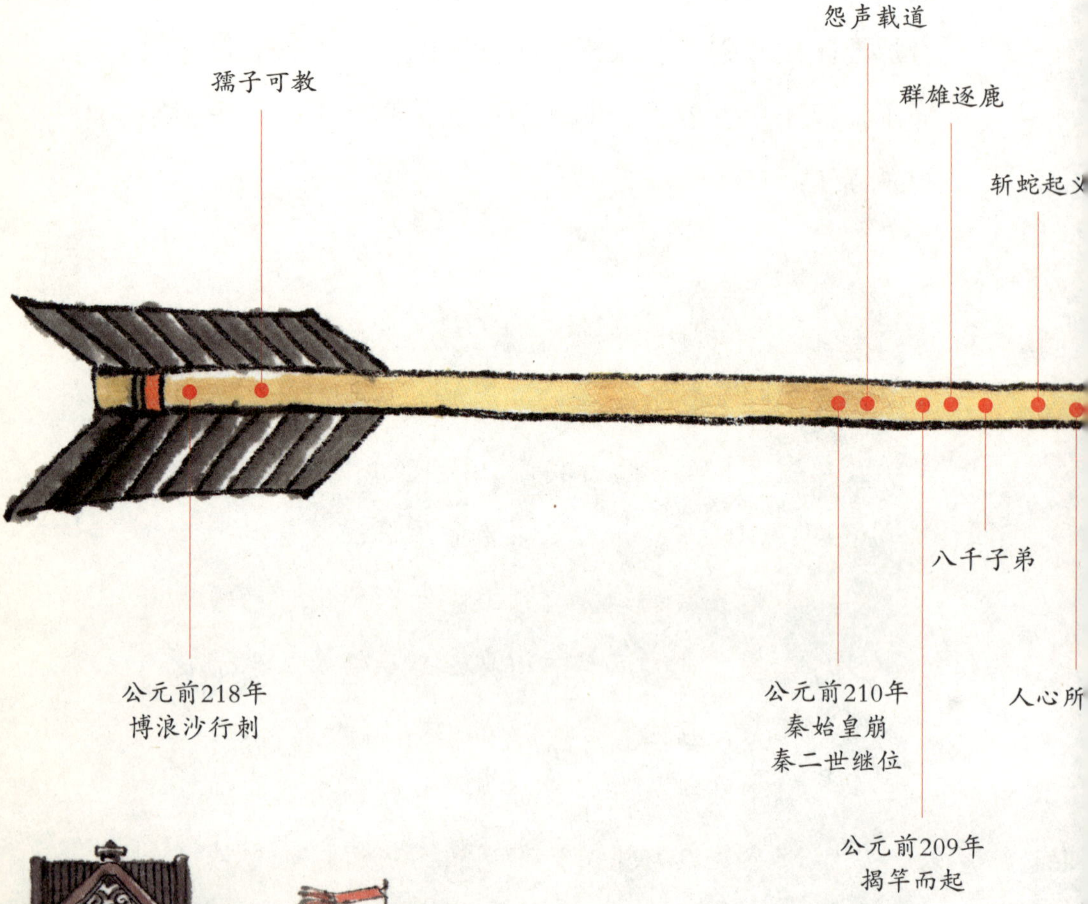

孺子可教

怨声载道

群雄逐鹿

斩蛇起义

八千子弟

人心所

公元前218年
博浪沙行刺

公元前210年
秦始皇崩
秦二世继位

公元前209年
揭竿而起

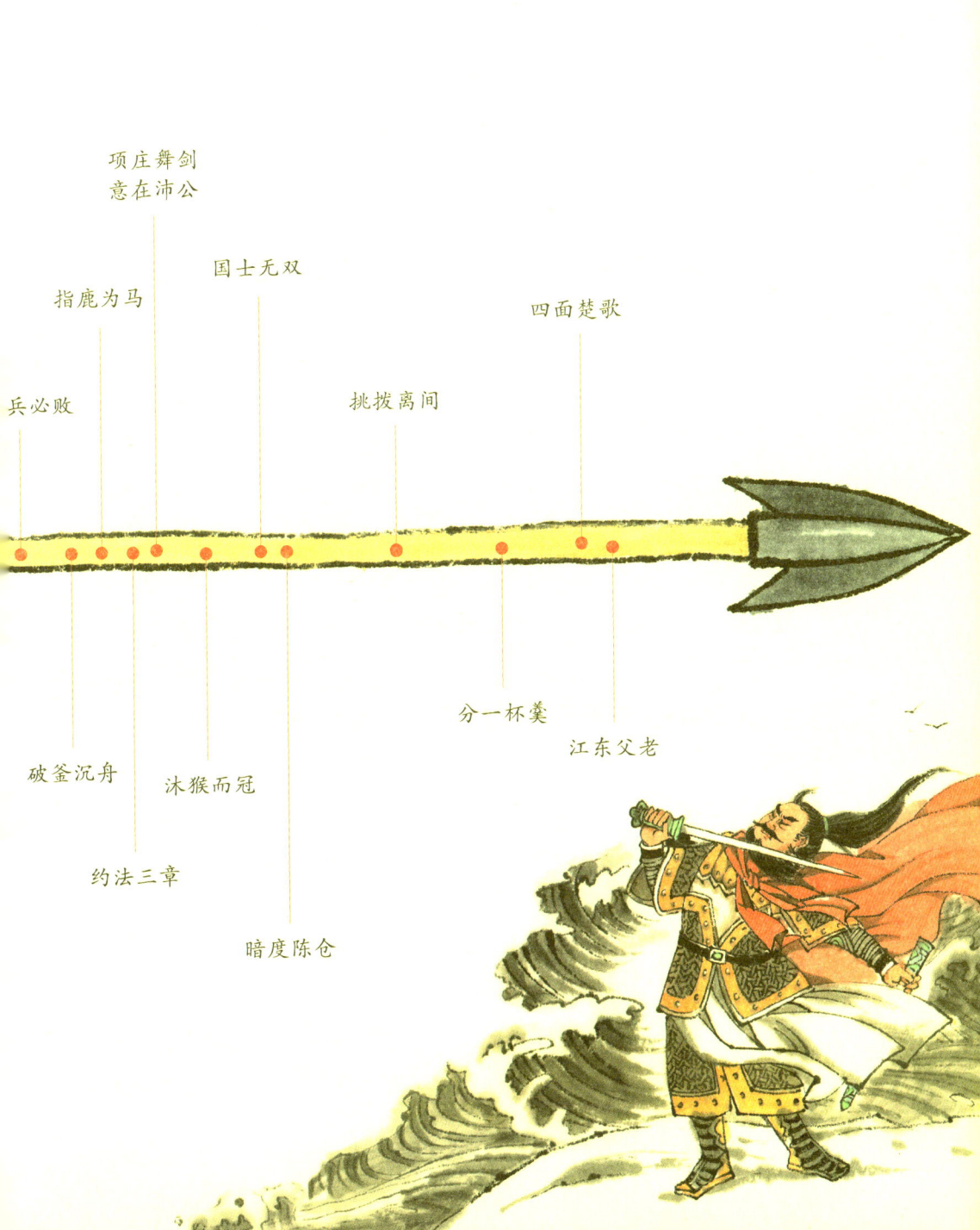

追忆我的爷爷——林汉达

林力平

我是爷爷的长孙，生于1954年。我和爸爸妈妈、爷爷奶奶一同生活在西单辟才胡同10号的四合院里，其乐融融。到了1961年，我开始上小学。在和爷爷朝夕相处的日子里，尽管我还是个孩子，也受到了他老人家很多影响。

记得我上小学四年级的时候，在周日的上午，爷爷经常邀请其他几位爷爷奶奶来家里做客。听我母亲说，爷爷邀请来的都是著名语言学家和表演艺术家们。有几次，我溜边儿坐在了墙角的小板凳上，两手托着腮帮，想听听这些爷爷奶奶到底在聊些什么。

客厅里坐满了人。一开始，他们会讨论词语：这些词为什么同音异义？那些词又为什么一词多意？时常争得非常热烈。有时又会讨论起方言：为什么上海人"头、豆"不分，"黄、王"不辨？为什么普通话没有这种现象？爷爷由此经常提起推广汉语拼音的必要性。等到吃饭的时候，时而这位爷爷来段评书，时而那位奶奶来段京剧。他们来上一段就骤然停下，互相探讨起评书、京剧中词语的特殊用法，接着再来下一段。我对国粹艺术的喜爱，大概就源自那些个说说唱唱的周末午后吧。

我最爱听的是快板书。爷爷讲不同节奏的竹板打法,就会产生不同的韵味,而不同的韵味可以用不同的方言来表达。我依然清晰地记得,自己跟妈妈闹着要去西单商场买一副竹板来学,妈妈爽快地同意了。以后在放学的路上,我总是兴奋地从书包里掏出崭新的大小竹板,迈开大步,两手打起了才学会的节拍:啪叽叽啪!啪叽叽啪!啪叽叽叽啪——叽叽啪!嘴里唱道:"打竹板,迈大步,眼前来到个理发铺;理发铺,手艺高,不用剪子不用刀,一根一根往下薅,薅得脑袋起大包……"那些日子,着实过了好一阵瘾。

还记得我在西城二龙路上小学五年级的时候,连日风风火火地看完了一部《水浒传》,就常在自己的作文里夹上几句半文半白的话,"大喜、大惊、大怒"之类的词语,以为添了这些词儿,就一定有了长进。一天,在语文课上得到了老师的几句鼓励,心里挺高兴的。一放学,我就快步回到家里,一头栽进客厅,兴奋地把作文拿给正在写作的爷爷,心想,没准儿爷爷也能夸我几句呢!爷爷摘下花镜看了看我,微笑着接过作文稿,重又戴上花镜看了起来。不一会儿,爷爷耐心地对我说:"力平,在白话文中夹用文言,不代表文章写得好,只能说明行文落后于时代。"爷爷眼瞧着桌对面的我正在发呆,就笑了笑说:"以后做作文一定要语言通俗,从小养成这种习惯,可以用讲话时常用的那些短句子来表达自己

作者与爷爷、奶奶在一起

的想法，这样才能写出通顺的文章。"我懵懂地点了点头，爷爷看我好像听懂了一点儿，就建议我读一读他写的《东周列国故事新编》。

我那年十岁，看到爷爷在书中的序言里给自己定出了三个要求，作为语文学习的方向，那就是："通俗化、口语化、规范化。"后来爷爷又补充道："所说的三点要求，只是外表，还要在内容上有三性，即知识性、进步性、启发性。"我当时还理解不了这些话。不知过了多少个春秋，重温这段话语时，才使我茅塞顿开。

两年前，编辑与我一同探讨起爷爷的通俗历史故事改编问题。我们不约而同地认为，这样一套经典的文本应该以更丰富的样子给当下的儿童留下宝贵记忆，而成语恰恰是很好的一个切入口。现在，这些陪伴了我一个童年的历史故事要重新整理，以成语故事的形式出版了，我感到欣喜又温暖。欣喜的是，过了半个世纪，爷爷的历史故事仍在以全新的面貌影响着现在的孩子。温暖的是，我可以借着这套书，重拾起与爷爷相处的细碎记忆。

爷爷那一丝不苟、严谨治学的优秀品格；充满理性、富于睿智的教育思想；幽默风趣、文如其人的写作风格；胸怀坦荡、表里如一的君子品性，值得我们代代传承。

林力平，林汉达长孙。现任中国文艺评论家协会理事、民进中央文化艺术委员会委员、北京市朝阳区政协委员，曾任中国舞蹈家协会理论研究部主任。

画手推荐

千古兴亡事,一书一画中

王晓鹏

很庆幸,行走插画之路,会遇到像《林汉达成语故事》这样的一套书。

最初,我跟编辑老师商定画一套春秋战国史。文字上不戏说,图画上不逢迎,以简约朴素之态,还原一段真实的历史进程。

中国历史故事需要匹配中国绘画语言。当编辑提出用传统中国画来诠释的时候,我们都陷入沉思与困顿。用水墨画历史,当下的图书绘本市场尚属空白,孩子们能否理解计白当黑的构图呈现?家长能否接受皴擦点染的视觉传达?

说服我们的只有两点:文稿作者是已故学者林汉达先生,著名的教育家、文字学家、史学家。他的文字尊重史实,深入浅出带领孩子们了解历史发展进程;绘画语言选用传统水墨,以形写神,潜移默化教给孩子们体会中国独特的造型观和境界观。

百战旧河山,古来功难全。

面对千古兴亡事,在人物创作上,我不想做脸谱化处理。更多的,我会站在历史角度去重新认知每一位国君,每一个朝臣的人生境遇。

诸如伍子胥,过韶关一夜急白头,可怜;掘墓鞭尸倒行逆施,可叹;

成吴霸业挖眼自尽，可敬。

再如费无极，行事固然小人做派，但能成为楚平王的宠臣，外貌绝不可能蛇蝎鼠类。所以，纵是画奸臣我也不想獐头鼠目，而是做多个造型，或面慈心恶，或满脸城府，或筹谋在握，或伪扮无辜。多方比较，最终权衡，择取最适合其人性的版本。

无数的废稿和最后的"费无极"

古月照今尘，人事已成非。

历代君王朝臣距离我们年代已远，真实相貌无可考究，我只能查找资料，最大限度地还原历史。

诸如孙膑，我参照的是明代遗留的画像与小说绣像的综合。

明代遗留的孙膑画像

诸如西门豹,我参照的是临漳县邺令公园的西门豹雕像。

诸如信陵君,我参照的是东周人物绣像。

创作的过程是推翻与再造的循环反复,通常都是废纸一堆,成品寥寥。根据故事内容,先做铅笔草图,细思量,再琢磨,反复调整至满意时,再以生宣墨线勾描点皴,应物象形。黑白线稿确定后,继以传统国画颜料朱砂、石绿、赭石调以淡墨,随类赋彩。

铅笔草图　　墨线勾描　　随类赋彩

如今,这套《林汉达成语故事》春秋战国和两汉部分已上市,共分六册:看画学史,亲子共读。

一书在手,平生塞北江南,眼前万里江山。

王晓鹏,职业儿童插画家。倾力于将中国传统文化和元素植入当代儿童插画,以水彩、水墨为载体,营造清澄、纯真的童话意境。代表作有《传统节日里的故事》《汉字里的故事》等丛书。